U0597145

中国新实力作家精选
当代青少年必读的精品散文

跟着杂伴儿

一九二八年我外公俞平伯的散文集《杂伴儿》出版。今以此小书献给亲爱的外公，纪念老人逝世20周年。

韦 奈◎著

知识出版社

图书在版编目(CIP)数据

跟着杂伴儿/韦奈著.—北京:知识出版社,
2011.9

ISBN 978－7－5015－6277－0

Ⅰ.①跟…　Ⅱ.①韦…　Ⅲ.①散文集—中国—当代
Ⅳ.①I267

中国版本图书馆 CIP 数据核字(2011)第 179087 号

策　　划　刘　嘉
策划编辑　马　强
责任编辑　张　磐
责任印制　李宝丰
封面设计　晴晨工作室

知识出版社出版发行

地　　址　北京市西城区阜成门北大街 17 号
邮政编码　100037
电　　话　010－88390732
网　　址　http://www.ecph.com.cn
印　刷　厂　三河市兴达印务有限公司
开　　本　1/16
印　　张　13
字　　数　180 千字
印　　次　2011 年 10 月第 1 版　2024 年 6 月第 3 次印刷

ISBN 978－7－5015－6277－0　定价:58.00 元
本书如有印装质量问题,可与出版社联系调换。

目 录

第一辑　鼓浪撷景

第二辑　香港闲居随笔

目

录

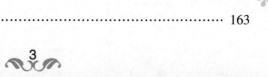

第一辑
鼓浪撷景

岛

　　人生像漂浮在茫茫大海中的一叶扁舟，在风浪中颠簸，在迷途中找寻，在不间断的抗争中奋力前行。身躯倦懒，思维疲惫的时候，总盼着在海的尽头出现一块陆地，哪怕只是小小的一块。爬上去喘息，体验片刻的闲适与稳定，享受瞬间的安静与和平，随后又满怀着憧憬与希望继续前行。

　　这块小小的土地叫做："岛"。

为纪念一位老妇人而作

每天清晨，午后，抑或是黄昏，在路上，我都会遇到一位"古铜色老妇人"。小小的个子，干枯得没有一丝光泽的深古铜色的皮肤和那爬在脸上数不清的皱纹，足以说明她的年龄应已近一个世纪。

清晨，她手提一个小木桶，颤巍巍地走向海边的厕所；炎热的夏天、寒冷的冬天、风里雨里，她拄着一支短小的破雨伞漫无目的地走，顽强地走，没有人陪伴。

与她擦肩而过，我的目光总会不自觉地投向她：她的家在哪儿？她可有亲人？谁照顾这年迈的人……

与她擦肩而过，我的思绪总会不自觉地想到她：她可曾年轻过？她可曾美丽过？她可曾幸福过……

5年，在不知不觉中她成为我生活的一部分，看到她就会觉得心里好踏实，就会被一种莫明的力量鼓舞；看到她总会被无声的提醒：过去、现在、未来和人生。

终于有一天我与她有了一次"亲密接触"。那天我从轮渡码头走回家，就在她的身后。突然她砰然倒下，头重重地磕在水泥的路面上。"完了！"这是闪在我脑海里的第一个念头。忙跑过去，看到她正准备爬起来，是那么的艰难！我伸出双手紧紧地抱住她，扶她起来。她的衣服好脏，她的头发好乱地粘在一起，她干瘦得像木乃伊一样的身躯好轻好轻。

站起来了，顽强地站起来。没有一句话，只看了看我，又继续麻木地向前走去。

"我终于为你做了一件事！"看着她的背影。"你可知道多少次我想把你搀扶？"……

从此每当我与她迎面而遇的时候，就会发现她那早已呆滞的目光会瞥向我，短暂而亲切，呆滞却温暖，无声说着：谢谢。

然而在某一天，我突然发现她消失在我的视线中。清晨、午后、傍晚我寻觅着，总希望她能出现在我的面前，然而……

想去打听，但不知该问谁；想去寻找，却不知她住在何方。

她该是去了，去到那极乐世界，在那无忧的土地上走……

她该是去了，无牵无挂，坦然自若。

我的心一下子空了，空荡荡仿佛失去了依靠。

我的心一下子静了，静静面对人生；

我的灵魂被洗刷了，干净得像雨后的天空。

人生苦短，光阴似箭，不容我们等待，不容我们思索，不容我们虚度。

老妇人去了，带着她的童年、青春和梦想。

老妇人走了，静悄悄无声息。

阳光明媚，涛声依旧，三角梅盛开。仰望繁星点点的夜空，遥远的世界里有你的身影，有你的目光，有你那顽强的步履，激励着我向前。

听　琴

　　小岛面积 1.8 平方公里，本地常住人口万余，却有着全国钢琴人均占有量最高的地位，故有"琴岛"之美称。这里走出过钢琴家许斐平、殷承宗，指挥家陈佐湟。这里还将走出许多。

　　听琴是生活的乐趣所在，不必刻意找寻，小街小巷小小的窗口总会流出琴声，演奏着历史，演奏着和谐平安。

　　当然，若听得认真仔细些，便会发现，这个窗口的琴声，从"小汤普森"进展到了"车尔尼740练习曲"；那个窗口的琴声，从"740"弹到了肖邦。

　　尽管你无法看到弹琴的人儿，只是用心听，便仿佛听到了孩子们成长的脚步声，听到了孩子们从稚嫩到成熟的过程。这些本是看不见摸不着的东西，"听"起来却毫不费气力。

终于有一天在一场钢琴独奏会结束之后，我看到了一个印象中还是小女娃的邻居，朝天梳的小辫子变成了长发，红扑扑的脸颊挂上了微细的绒毛，不再用妈妈牵领，独自一人成熟地翻看着手中的节目单。

终于有一天有人敲响我的门，说她就要去上海参加钢琴比赛，希望能给些有益的指导，我这才发现站在面前的已是一个发育成熟的女孩，早不是我眼中的小朋友。技巧之娴熟，音色之华丽，着实让我大吃一惊。

不知不觉哟！看不到，却听得出。

听琴在鼓浪屿是一种享受：
雨后湿润的空气滴上琴声，
甜蜜的花香挂满琴声，
一片片浓绿染着琴声，

那琴声也就有了五彩缤纷的颜色，有了只属于鼓浪屿的美妙。
听琴在鼓浪屿是一种恩赐：

赐给你生活的惬意，

赐给你繁忙中的宁静，

赐给你领悟与反省。

那赐给也就有了更深层次的意义，有了只属于鼓浪屿的安宁。

琴声就在耳边，就在每一条小巷，每一个窗口。

琴声就在身旁，在流逝的时光之中。

板车工

这是一个步行岛，除了供游客乘坐的被独家垄断、价格极其昂贵的电瓶车之外，再没有任何交通工具，甚至自行车。

世世代代在这里生活的人们，就凭着两条腿走遍全岛，外来的我们也就跟着这样走，不必为晚饭后散步地点犯愁，更无需特地安排散步的时间。远离都市的喧嚣，沐浴着海风，享受着鸟语花香，就这样走，走出了一副铁脚板，走出了一个好身体。

特殊的环境，有这样一群特殊的人，他们用身体的力量把岛上所需的一砖一瓦，瓜果蔬菜，人们所需的一切日用品运往岛上的每一个角落。他们的名字叫"板车工"，生活在最底层的一条条好汉。

几乎常年打着赤膊，干瘦却结实的身体泛着黝黑闪亮的健康色，一条背带挎在肩上，双脚跋着拖鞋，紧握着车把的双手一刻也不能放松……载着重量，穿过每条小巷，爬上每一道陡坡，后车的人帮助前车向上，前车的人再把手伸向后车，"嘿呦呦"叫着号子，相互支撑照顾着。没有四季，不分白昼或黑夜，只要有活计，就有他们，只要有道路，就有他们的身影。

清晨他们坐在码头等着接活儿，在装卸的间歇拿出随身携带的一瓶水尽情饮用。坐着、靠着，笑着，开心享受着难得的空闲。

"一天下来，会很累吧？"

"习惯了也不觉得。"

"为什么不找点儿别的活儿干？"

"能干什么呢？没文化啊！家里几张嘴要吃饭！"

"每天要拉多少车呢？"

"谁管它，多拉一车是一车，多拉一车就能多赚几元钱。"

"一车才几元钱？"

"我们拿小头儿，大头儿是老板的。"

"这不成了剥削？"

"嘿嘿，没想过，也不去想。凭体力吃饭，好过去偷去抢！"

……

没文化，造就了他们；贫困造就了他们；良知造就了他们。

他们如果有文化，或许能做出惊天动地的事业，但这里就会缺少一道用力量编织成的风景；

他们如果富有，或许能对社会有更大的奉献，但这里就会缺少一群快乐的人；

"凭体力吃饭，好过去偷去抢!"，纯朴的良知能否警醒那些贪得无厌的人们?!

他们每天都在我们的身边，在我们的视野里。

他们的力量，该是能传递给我们；

他们的纯朴，该是能净化我们；

他们的快乐，该是能感染我们。

我们与他们生活在完全不同的两个世界，但同在蓝天下，我们的名字都叫做：人!

榕　树

　　它是神，无论建房，还是修路，都不可移动。即便是剪枝修整，也先要顶礼膜拜。它，就是在岛上四处可见，盘根错节枝繁叶茂浓密参天的榕树。

　　数不清的根须从每一个枝节垂挂下来，像长满胡须的百岁老人，其实它们的年龄岂止百岁！俯首看看写下的标志，每棵树的年龄都超过了200年，是何等的令人神往。

　　根须向下，去寻大地母亲；根须伸向土地，汲取着母亲赐予的乳汁。从那里它得到生命的延续，然后又把新的生命传送给巨大的主干，去画那数不清的年轮。

　　若问这榕树的生命力有何等地顽强，且去看看从墙缝中生长出来的大树。说是榕树的种子，被鸟儿衔来，一小份土壤便给它生的希望，于是它顽强的把根植入墙壁，沐浴着四季的阳光雨露，年复一年的长大。

　　树下满是年久沉积的落叶，在雨中融化，化作养育的沃土，就不由得想起一首歌，那歌中唱道："这是绿叶对根的回报"，是何等贴切。

　　你中有我，我中有你，正是大自然的巧妙；

　　尘归于尘，土归于土，正是生生不息的源泉。

　　站在它面前，听它讲古老的故事，听树叶沙沙歌唱，宁静中多了些许惆怅——人生的无奈与自豪，人生的短暂与幸福。

　　它骄傲地站立着，

　　　　无声地看着人来人往，去了来了，来了又去了……

　　　　无声地记录着历史的悲欢离合，战乱与和平……

　　　　无声地笑我们，笑我们的冥顽不灵，笑我们生命的短暂。

　　然而我并不因此悲哀，毕竟触摸过你的根须，吻过你的青绿，拥抱过你的身体。于是，在你未来的回忆中，便有了我的身影、我的故事，有了

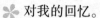对我的回忆。

你尽管可以有千百年的骄傲，尽管我所拥有的远比你短暂。

但，你所拥有的属于你，而我所拥有的永远属于我自己，为着我曾经有过的奋斗和自强不息。

闽南话

耶和华：看哪，他们成为一样的人民，都是一样的言语，如今既要做起这事来，以后他们所要做的事就没有不成就的了。我们下去，在那里变乱他们的口音，使他们的言语彼此不通。

——创世纪

听闽南话，好似听天书；讲闽南语，难于上青天。这就是初到闽南的体会，至今闽南话于我，仍无缘。

久而久之方才知道，离开了厦门、泉州、漳州、台湾，闽南话照样不好使，200多公里开外的福州又有了他们自己的语言——闽南人也听不懂的语言。

久而久之方才知道，翻过这山到那村，又是另一种语言等着你！

这就不怪我不好学了：一个北方佬，听惯了乡音。

这才明白普及普通话的重要性，否则一个民族竟无法沟通，那将是何等的悲哀！

固执而不聪明的我，总要试着去改变身边朋友们那听起来怪怪的 er（二）和 e（饿），re（热）和 le（乐），却是徒劳，快快的。

04年带学生去欧洲，在荷兰，我的英语尚且派得上用场，友好热情的荷兰人，以荷兰语为母语，德语为第二语言，却并不排斥英语。我与房东的沟通也就显得很自然。却难坏了平日里不肯好好学习英语的学生们，与当地百姓同住，总不能整日里哑巴似的对着好客的房东，只好靠画图、比画来表达想喝水、要出街购物的意图，好是一番辛苦不说。

待到了法国，几乎全世界都可以通用的英语，却没了用武之地。骄傲的法国人，对法语有着贵族般的骄傲——历史本如此，难怪。于是，我也成了哑巴！用英语与对方讲话，回答却是："I can't speak English"，明明听懂我说的，且有着很流利的英语，回答却是"我不会说英语"，气得我火冒八丈。一次住地没了卫生纸，下楼找一位妇人去索要，用尽脑袋瓜子里能想到的一切最简单的英语，她仍是耸耸肩一片茫然，最后只得用最笨的方式，蹲着去比画，她这才恍然大悟，搞得我哭笑不得。

唉！你这骄傲的法国人。

后来听说，有一次希拉克总统参加一个经济论坛，会议上法国代表用英语发言，于是总统带领随从离开会场以示抗议，原因是为了维护法国传统文化的尊严，法国人对传统文化的执着，着实让我吃惊，自当重新认识我一直认为是过于骄傲的法国人。不由想到我们这个有着"几千年文明历史的古国"对传统文化的维护，若与法国人相比，大概正是缺少他们的那份执着。

闽南人大概也是骄傲的，因为据传说当年在确定以哪个地方的言语为普通话的时候，曾经考虑过闽南语：因为这个语种是中国最古老的，是中国一切语言的发祥地（未得考证）。

谢天谢地，闽南语最终没能成为全国标准的普通话规定用语，否则我这个笨人，何时能把"普通话"说得标准呢！

闽南人是友好的，在鼓浪屿住久了，人人都知道有我这么一个高个子光头的外来客，见面向你笑笑，去买东西总会给些优惠，不像宰外地游客那么宰我。间或还会冒出几句闽南话，大概忘记了我是个外乡人，忙说"您用普通话，普通话"，也就操着勉强能让我听懂的普通话告诉我购物的价钱。

闽南人是友好的，一个卖鸡蛋的小姑娘，每次在我付钱之前，总要先用闽南语说一遍，然后再用普通话重复，还说："我教你闽南话，来买一次鸡蛋教给你一句"，我很感庆幸，付钱买鸡蛋，却可免费学闽南话，岂不乐哉。

闽南人是友好的，在我们的面前，从不讲自己的方言，他们懂得尊重。其实我也并不介意，每个人都有自己的语言习惯，非官方场合何必要为难他们。

5年了，我只听懂了这样一句话："收购旧彩电，旧冰箱，旧空调，旧洗衣机"，这还得感谢每天从我窗下经过的小贩，感谢那指点迷津的邻居。

"我们下去，在那里变乱他们的口音，使他们的言语彼此不通。"

这是上帝的旨意，我们无权去怪罪，更不该怪罪耶和华。因为，他逼着我们去学习，语言如此，知识如此，一切如此。

我们还是要做成我们要做的事。阿门。

鸟　语

首先要说明的是，鸟语，不是我们戏称广东话的"鸟语"。有了这个说明，方才可以有下面的话。

久居城市的人们，大概都不会忘记划破夜空的警笛声、汽车长鸣声、防盗器"嗞嗞"的叫声以及那些被混响在一起，不知来自何方的"嗡嗡"声。半夜被惊醒，凌晨好梦被搅，都是常有的事，习惯了也就不觉得，以为是好自然好本分好理所当然的事。

其实不然。

鼓浪屿的夜格外宁静，宁静到住惯城市的人初到时会有一种耳朵发空的感觉。那活跃在夜晚的昆虫，在这儿也会变得乖巧，细语轻声地叫，唯恐打搅了我们的美梦，唯恐划破凝结成"静"的夜幕。

常年优质含有高负氧离子的空气，很容易催人入睡，很容易让美梦香甜，却又不必担心酣睡不醒，因为有鸟儿。

树很多很浓很绿，鸟儿也就很多很巧很灵。一年四季飞来又飞去，数不清的鸟儿都聚集到温暖又温馨的鼓浪屿，飞到这块最适于人群居住，也最适于鸟儿居住的地方。

喜鹊是不怕人的，它可以在你的面前轻飞轻落；

啄木鸟是勤快的，长长的嘴"哚哚哚"捡选着树上的害虫，忙碌得没时间顾及你从它身下走过；

麻雀是嘴馋的，只要有可吃的，就会蹦蹦跳跳的在地上寻觅，若不走到它们身边便不肯飞开；

白鹭是悠闲的，在退潮的滩涂上漫步觅食，在岩石上栖息，水中飘浮，又突然展开双翅在海面上游荡，像天空掠过一片白云。高傲的它，自有它值得高傲的理由：厦门因它而称为"鹭岛"，无数女孩子因她而得名。

还有无数叫不上名、不知出处的鸟儿，更不知有多少个种类聚集在一起。

　　傍晚，无数棵大树是它们的栖身之处，而临睡前也不忘高歌，领唱应着合唱，独唱伴着重唱，直唱到太阳落山。

　　清晨最早起来的是它们，清清喉咙就开始欢快地歌唱。

　　原来鸟儿也有准确的作息时间，勤快的早起，庸懒的稍迟。

　　原来鸟儿也有自己的语言，不同的鸟儿，有着不同的鸣叫声。

　　当然这一切都不是初来者可以体会到的。

　　卧室的窗外是一小片树木，第一声鸟鸣就从那里发出，初起是轻轻的一两声，像是做个准备，随后便唱不停，那时该是清晨 4 点多钟。它总是那么准时，从不偷懒。

　　你且去唱吧，我还要睡。

　　随之会加入另一个歌声，不同的音调，不同的嗓音，不同的高低声部，又一群快乐的鸟儿醒了，唱了，那时已近我起床的时间。

　　真想再睡一会儿，可你们在催促，让我不好意思。

　　待到爬起床的时光，窗外的合唱开始了，近处唱，远处答；飞来唱，飞去答；此起彼伏，和谐乐耳。

　　清晨就这样来了，一天就这样开始了，这天使般的声音总会带来一天的好心情，总是唱出新的希望。

　　城市的人们可曾有过这样的体会？除了喧嚣之外，你们还有什么？

　　终于有一天，人们为鸟儿太多而担心起来，因为它们很可能成为"禽流感"的传播者。然而担心显得有些多余，就好像 SARS 肆虐时，鼓浪屿仍是世外桃源一样，"禽流感"远离这片净土，鸟儿仿佛知道这里最美，这里有最关爱它们的人群。

　　美梦伴着宁静，夜色拢着贪睡的人。

　　清晨明媚，鸟儿唱破曙光，唱出红红的太阳跳出海面。

　　唱吧，你这快乐的一群。

花 香

四处溢着香气，不知从何而来。

栀子花、白玉兰、金银花、米兰、茉莉花……能叫出名的少，不知名
的多，一年四季，不分冬夏。

北方盆栽的米兰，在这里是一丛丛树木；白玉兰树木参天，大可不必
赶着季节到颐和园购票观赏；金银花铺天盖地开满枝头，跌落到地上，依
旧飘香。

如果你是初到厦门，走出机场该先做一次深呼吸，你会感觉到遍体通
透，原本积存的污浊瞬间被更换。

跟着杂伴儿

如果你是初游鼓浪屿，最好在傍晚或清晨，花香或许会让你有甜得发腻的感觉，但那毕竟是花的香气，而不是汽车尾气的排放。

　　花开四季，唯夏季少些，骄阳似火，花儿也就躲了起来；冬季看花在鼓浪屿是额外的享受，有时竟会忘记在北国已是千里冰封，万里雪飘的寒冷季节。

　　唯有三角梅例外，常年开放，四季不败。或许正因为它的顽强和多彩的美丽，使它成为厦门的市花，成为美丽厦门的标志，与白鹭齐名，与白鹭有着同等显赫的地位。白色、紫色、深红、淡粉，在墙头、在阳台、在花坛、在角落，在无意的视线之中。更为奇特的是红白相间在同一枝头竞放，依偎着，像热恋的情人。

　　凤凰木开红花，奇特之处在于花开时节没有一片树叶。"好花总需绿叶扶"，凤凰木却很独特，似要独树一帜以炫耀花的火红燃烧，一夜之间燃遍全岛，染红了天地，染红了海的波涛，也好自然地染红了树下的人。

　　黛玉葬花，佳句流传，却是何等消沉悲切！不如作些新的解注：

　　　　花谢花飞花满天，你想该是何等壮观的景象；
　　　　明媚鲜妍能几时，我看应是久长待来年；

一朝春尽红颜老，然而可曾想过：春尽能再来，红颜老去却曾经拥有。

　　花会落，人将亡，有如四季交替，恰似宇宙轮回。唯一不变的是我们曾经来到这世上，此处彼处都留下了我们的香痕。

　　四处溢着香气，花香从生活中来。

　　那香气挂在身上，粘在唇边，任细细咀嚼，品味如花般的人生，品味属于我们的快乐。

跟着杂伴儿

郑成功与台风

之一：在海边高高的"覆鼎岩"上，耸立着一尊郑成功巨型花岗岩雕像，1985年8月27日落成，高15.7米，重1617吨，由23层625块"泉州白"花岗岩精雕而成。

位于岛东海滨占地3万平方米的"皓月园"为他而建，取意郑成功（延平王）诗句："思君寝不寐，皓月透素帏"。仅园内一尊铜制雕像，就耗铜达18吨之多！

日光岩位于鼓浪屿中部偏南的龙头山顶端，是鼓浪屿的最高峰。传说中，这儿是郑成功演练、校阅水兵的地方。

沿石巷上进，便是龙头山寨，岩石上的圆孔传说是士兵搭架帐篷开凿的。蔡元培先生有七绝诗赞叹道："叱咤天风镇海涛，指挥若定阵云高。虫沙猿鹤有时尽，正气觥觥不可淘。"……

之二：每逢夏季，这里的人们随时要注意一件天大的事情——台风。鼓浪屿与台湾岛一海相隔，快船到金门不过一小时，是我国东南沿海台风的高发区。若留心天气预报，便可发现，多个台风都直指台湾，随后越过海峡向福建、浙江一带进逼。防风，便成了一件十分重要的工作。若把"珍珠"、"海棠"、"桑美"写在这儿，谁会想得到，这美丽名字的背后，竟是破坏性极强的台风?!

之三：5年在鼓浪屿，时时有台风的消息并为之紧张，却又从未体验过台风正面登陆的恐怖与壮观。

台风不再正面攻击厦门是有道理的：因为有了那尊面对大海高高耸立的郑成功雕像！没有科学依据，但又不能不信，因为自1985年立起他的雕像之后，除1999年那次之外，台风很少光顾厦门！最明显的莫过于06年的"桑美"，她穿过台湾之后，径直奔向厦门，预警已经发出，全民为之紧张，却在就要登陆之际，风头突然向东，跑到浙江闹事儿去了。

郑成功是神，在人们的心目中。

他曾有过的辉煌，为了中华民族的统一；

他面对大海瞻望远方，祈盼着同宗同族人们的团圆。

皓月当空，银色的光铺洒神州大地，"天上一轮才捧出，人间万姓仰头看"（注），在海的这边、那边……。

注：《红楼梦》第一回"甄士隐梦幻识通灵 贾雨村风尘怀闺秀"

贾雨村七言绝句：

时逢三五便团圆，
满把晴光护玉栏。
天上一轮才捧出，
人间万姓抑头看。

博 饼

到 06 年为止，厦门已经举办了四届"博饼节"。

说到博饼，又不能不提到郑成功。

传说：300 多年前，郑成功在厦屯兵准备驱荷夷收复台湾，至中秋节前后，来自福建、广东等地的士兵思乡心切，于是郑成功为解士兵中秋思乡之情、鼓舞士气，巧设中秋博饼游戏，让士兵们赏月玩饼以寄乡思，同时激励士兵要"先国后家"。

当然，在传说中也还有不同的说法，但在人们的心目中，"博饼"出自郑成功是一个不争的事实，足以表明他在人们心目中的地位。

这是一种非常简单的游戏：几个人（5 人至 10 人）围成一桌，每人轮流将 6 粒骰子掷于一只较深的大碗中，按点数排名设奖。每桌博出状元 1 个、榜眼 2 个、探花 4 个、进士 8 个、举人 16 个、秀才 32 个。掷出一个红四点为"一秀（才）"，两个红四点为"二举（人）"，4 个相同点数（红四除外）为"四进（士）"，3 个红四点为"三红"（探花），6 个骰子按 1 至 6 的顺序排列为"对堂"（榜眼），4 个红四点或五六个相同数的得状元。状元有多个级别，其中以 4 个红四点带两个红一点为最大，称为"状元插金花"……

这个游戏规则是我抄下来的，因为至今也搞不清。俗话说"内行看门道，外行看热闹"，对于我这个外乡人来说，纯属看热闹一类。

闽南人视中秋为重大节日，其重视程度甚过春节。中秋前后，家家户户、每个单位、大小商场早早就进入"中秋状态"，所到之处都有博饼活动，同事、同学、亲人、朋友，男女老少，相识与不相识，都要"博"上一回，有时一个家庭就会举办多场这样的活动，籍此聚会，好不热闹！

而"博饼节"则是一个公开的群众活动，从"海选"到复赛、半决赛、决赛，万人空巷，甚是壮观，"状元王中王"的最高奖项，竟可达 20

万元之多。

目前"博饼文化"正在申报"国家级非物质文化遗产名录"项目，又因此引发出一直以来的争议："博饼"是否有赌博之嫌？理由很简单：这游戏之中有六颗骰子。

骰子的确是赌博的工具之一，却与"博饼"悠久的历史传统与丰富的文化内涵不相干。赌博有输有赢，可倾家荡产，可家破人亡。"博饼"却不同，输赢只在谈笑间，谈笑间"博"出了亲情、友情，人世间的和谐之情。

"月有阴晴圆缺，人有悲欢离合，此事古难全。"每逢中秋，总会很自然地想到这千古流传的佳句，但当你看到六颗骰子在瓷碗里欢快跳跃的时候，当你听到因碰撞发出清脆"叮咚"声的时候，就一定能体会到"人长久"，"共婵娟"血脉相承的永恒，在那永恒中有我、有你，有过去、现在，更有美好的未来。

猫

猫很多，是有原因的。

气候很好，四季如春；荒芜的老房子很多，它们都可以寻觅到很理想的住处；家家户户的垃圾里有大量的海鲜可供食用……

猫很多，野猫更多，生息繁衍得太快，刚刚看到一窝小猫出生，几个月后，又有新的"兄弟姐妹"跟着来。

猫很多，尤其是夜晚。小巷独行，冷不丁就会窜出一只，吓人一跳；时不时会看到几双在黑暗中发着蓝光的眼睛，若不习惯，会觉得很有些恐怖，久而久之，并不觉得。

猫该去捉老鼠，但这里的老鼠却不怕猫，大有 Tom and Jerry 之势，之所以如此，大概与生活过于优越有关。优越了，就会犯懒，猫如此，人也不例外。

猫有时也很讨厌，特别是春秋两季，深夜时常会被它们的怪叫声惊醒，实在"闹"得不像话，只好赤脚到院子里轰赶，扰了好觉。

曾对"猫过盛"的问题展开过讨论，也有不少人献计献策，"全民打猫"显然不妥；有步骤地对遍布岛上各角落的猫进行"绝育"，可操作性接近零，讨论无果而终，猫儿们依然故我，悠然自得。值得庆幸的是，目前尚未发现"猫流感"之类的怪病，否则麻烦多多。

我喜欢狗，对猫却没什么特别的兴趣，却偏与猫有缘。院子里比较清静，便有"猫夫妇"安家，不久3只小猫就跟随在猫妈咪身后出现。毛色或白黄相间、或纯白，开始见我们进出还有些胆怯，慢慢发现没有危险，也便坦然。见人并不跑开，带着小小的警惕观望。遇雨，索性躲在楼门下，甚至钻进楼道里，想想也怪可怜的，也就由它去，并放些牛奶请客。渐渐长大跑开了，但仍是院子里的常客，偶在小巷遇见，也不躲闪，像是老朋友。还是有灵性的呢。

更有一个与猫有关的故事，可以说来听：周末傍晚正准备上街，一眼便看见大门对面的墙角下栖着4只全身颤抖的小猫，并无猫妈妈照顾。已经走出好远，想想不对，这才意识到该是被人抛弃的，就调头将它们收进院中，找了个纸盒，算是收养。这才发现，是刚刚出生尚未睁开双眼的小猫仔，虽与我无关，但总不能眼睁睁地看着它们死！

购物的路上，专程选了奶瓶，从此一发不可收拾：为它们洗去身上、眼睛上的污垢，那刚刚看到世界无助而乖巧的眼神令我心动。为它们清理栖身的纸盒，一日三餐给它们轮流喂奶，清洗……起初还没有拳头大，抓在手里，看它们贪婪吸吮奶嘴，任它们把爪子紧紧地搭在我的手上，能感觉到小小的肚子会一点儿一点儿地鼓起来，吃得好开心，吃得好饱。

家中养的狗狗看了很有些吃醋的意思，早忘了它也是这么被喂养大的。原以为狗狗会欺侮小猫咪，没想到狗狗胆小又友善，和睦相处，每带狗狗到院子里，它总要四下里环顾，大有惦念的意思。

很快长大起来，早晨会齐心协力把纸箱推翻，爬到家门口喵喵叫着等奶吃；下班进院，会一群迎上来围在脚下转，更有淘气的会一直追着想溜进房门。小生命就这样存活了下来，看着在脚下转来转去的它们，看着狗狗与它们和睦相处，小院里有一种说不出的气氛，心里有一种说不出的感觉，是什么呢？

现在它们被热心的同事们领养，过着优裕的生活。据说长得很漂亮，很肥很大也很乖。

至今仍是不喜欢猫，但时时会想起那 4 条小而脆弱的生命。人是万物之灵，但在宇宙之中，我们同样脆弱，同样渺小，同样需要呵护……

院子里有一种说不出的气氛，心里有一种说不出的感觉，是什么呢？那该是爱了。

猫屋里的馅饼

猫屋是间咖啡厅"Baby Cat"。猫屋里果真有猫，一周岁，纯白，过着与街上野猫完全不同的生活，悠闲舒适，很肥很懒很可爱。

猫屋以馅饼出名，20 岁出头的店主有"馅饼男孩"的美称，又因喜爱摄影和别有情趣的室内设计，在厦门也是小有名气的一个。

鼓浪屿的馅饼很出名，四处可见卖馅饼的店铺，有专卖店，也有捎带着卖的，游客或多或少都会买些带回去当做礼物送给亲朋好友。这馅饼不是北方吃的韭菜馅饼一类，是甜品，肉馅也是甜的，小小的一块。但吃多了，就会觉得发腻，是猪油放得太多的缘故。

猫屋的馅饼不同，"馅饼男孩"请教了当地的老人，按他们讲述的原始制作方法，再加上他自己的理解，独辟蹊径，果然成功，不油不腻，酥软香甜。

猫屋的馅饼下午做，翌日卖（太新鲜了，会松散掉），网上订购也有着绝对的信誉，久而久之慕名而来的游客就很多，小小的咖啡厅时时人满为患。

我去猫屋，也是偶然。那小小的店面并不起眼，时常路过也不以为然。那天的天气很热，随意推门进去喝一杯冰咖啡，视线立刻被别具一格的设计吸引，绝不豪华，也没有刻意的装饰，却很有味道。墙上有很多照片，后来知道是"馅饼男孩"云游四海的作品，背景音乐选择得也很有品味，用法文演唱的歌曲，委婉动听……一切的搭配，都与室内设计风格非常吻合，大方得体，朴实无华。

因为有了兴趣，也就与"老板他娘"聊了起来，说是儿子开了店却要老娘替他照看，他自己却只管玩儿。话虽如此，言语中却掩饰不住那份对儿子的满意和赞赏，后来才知道，她儿子去玩，也是有名堂的，或与电视剧组同行，或与朋友驱车西藏，而摄影作品更经常被选用刊登，这么个玩儿法，当然会让做母亲的开心。

夏天空调开得很足，进门就会有一种赏心悦目的清凉感，找到了感觉也就成了猫屋的常客。一杯冰咖啡解去一身的暑热，一盘肉酱意粉填饱肚子，若不想耽误太多等候时间，便打个电话过去，人到了，想吃的也就端了上来。因夫人不常在身边，孤家寡人的我总算找到了一个闲暇之时可落脚的地方，上上网，听听音乐，或与喝咖啡的客人搭讪，在绝对繁忙之后，这无疑是一种很好的放松。

后来越混越熟，成了老主顾不说，店里有好吃的午餐或晚餐，都会打电话叫我一起享用，鸭汤粉、卤面都很鲜美。经常白吃，就会觉得有点儿不好意思，"老板他娘"告诉我，因员工不多，所以她家里人与大家吃得一样，并不多我这一口，也就心安，当然少不了买些糕饼回家，给人家添点儿"流水"，自己也有了夜宵。

店里小桌上有一个装帧精美的留言簿，信手抄了几句，以证我所说无误：

　　二零零六年十一月二十一日 晚风雨大作
　　应该还会再来吧，不知道在什么时候，
　　应该还会和谁再来，不知道是哪个，
　　也许还会留言吧，不知这个本子还在不在？GABI
　　踏一身的疲惫而来，略带甜味的苦咖啡，唤起的不仅是一份
小资的情调，更让人品味出鼓浪屿与众不同的味道。

……
一个小店一只猫，一个有想法的小伙儿与他那待人友善的妈妈，该是鼓浪屿的一景——在我的眼中，因着它的温馨、友好和那个可爱上进的年轻人。

古老的别墅

此处彼处，到处可见近百年的别墅和曾经是领事馆的豪宅。

这事儿得追溯到鸦片战争后，厦门被辟为"五口通商"口岸，西方列强纷至沓来，相中了风光秀丽的鼓浪屿，1902 年鼓浪屿被定为"公共租界"，英、美、法、德、日、西班牙、葡萄牙等国都曾在岛上设立领事馆，故有"万国建筑博物馆"的美称，也记录着一段中华民族屈辱的历史。到 1941 年太平洋战争爆发，鼓浪屿又被日本独占，在原日本领事馆的后楼，至今留有地下监狱，曾是关押抗日志士的地方，墙壁上还残存着志士们血书的痕迹，记载着一段可歌可泣的反侵略史。100 多年殖民统治，直到抗战胜利方才结束。

洋人在岛上开办洋行、医院、学校和教堂，给当年的鼓浪屿带来空前的繁华，且都是当年厦门最好的。于是，华侨富商也相继来建住宅和别墅，自 1920 年开始的 20 年时间里，鼓浪屿就有近 1100 多座别墅相继建成！可以想见当年船来车往，大把抛着银元，你争我比大兴土木的情景，该是何等壮观。

建筑风格，因房主人所好，八仙过海各显神通。有闽南风格的飞檐翘角和红砖楼群，有传说中因闹鬼而从无人居住过的"八卦楼"，也有红瓦大坡顶的欧式建筑……最多的当属中西合璧的别墅，体现着华侨们对中国传统文化的那份眷恋。

别墅并不一味追求豪华，却都是选材精细，工艺讲究。木材来自菲律宾，假山石来自太湖，门坎上的有竹条拼成的花纹图案，客厅宽敞明亮，花园曲径通幽，可观海，可望山……

每幢别墅都有着自己的故事，人世沧桑，悲欢离合，辉煌与衰败，都铭刻在一砖一瓦上。

此别墅已非彼别墅，最早的主人飘泊海外，叶落不能归根。别墅的新主人，多是他们的后代，因遗产的分割有时一幢楼内竟有两三个房东，"前人种树后人乘凉"用在这里恰当不过。

此别墅已非彼别墅，鼎盛的繁华不复存在，有很多都因年久失修而残破。更有无主的房产白白空置，成了猫儿、鼠仔的天下。那日，在连续近两个月的阴雨之后，猛听"轰隆"一声响，倒塌了楼房的一角，为原本破败的景象又染上浓浓的一笔，似乎向人们昭示历史的无情与残酷，一任你有过怎样的显赫与繁华！

时光荏苒，物是人非。洋人被赶跑了，房主人和他的二姨太、三姨太们不见了，正应了《红楼梦》里"好了歌解注"的话："陋室空堂，当年笏满床。衰草枯杨，曾为歌舞场。蛛丝儿结雕梁。绿纱今又糊在蓬窗上……"兴衰成败自有定数，非你我能左右。非正义的战争永远无法与正义抗衡。别墅也好，领事馆也罢，都讲述就同样的道理，把历史摆在每一个路人的面前。

"乱哄哄，你方唱罢我登场"，你可曾唱好属于你的生命赞歌？我能否比你更闪亮登场？

剃头匠的别墅

一个剃头匠，拥有着一幢号称"中国第一别墅"的豪华住宅，故事十分传奇。

房主人黄奕住，从福建南安大山里走出来。因当地的生活条件太差，新生儿的死亡率极高，所以他一出生，父母就给他起名"住"，大家叫他"阿住"，盼着他能存活下来，为黄家传宗接代。

为减轻家里的负担，阿住砍柴换钱以供家用，同时开始学习理发，学徒3年成为理发匠，俗称剃头的。不料一日为豪绅刮脸，那豪绅突然咳嗽，剃刀轻伤了他的额头，这本是小事，却不依不饶，扬言要找他算账。阿住哪里还敢久留，更从此萌生了下南洋的念头。这想法，得到了他父母的支持，狠心卖掉了家中仅有的一丘田，得36个银元，算是有了出国的盘缠，那年他17岁。

1885年，阿住怀揣36个银元，带着理发工具，步行100多里到厦门，搭上木帆船到了新加坡，在乡亲的小店里打工，闲的时候就操弄他的手艺在码头上给人剃头，久而久之，大家都亲切地叫他"剃头住"。后来他辗转到了印尼爪哇，想来想去，靠剃刀是无法发家的，便把这想法讲给一个老华侨听，那老者很支持他的想法，便借给他5盾当做本钱。阿住锉坏剃刀把它扔进海里，发誓要告别过去，开始了他个人奋斗的旅程。

事有凑巧，不久之后，有一间很大的糖厂失火，一片狼藉。阿住仔细观察了火场的情况发现厂房虽被烧毁，但却有大批的糖留了下来，于是买断了这个不被一般人看好的糖厂，又恰逢第一次世界大战，奇货可居的糖卖出了天价，他在糖市获得巨大利润，还清了银行贷款不说，剩余资金竟高达3750万盾，一跃成为印尼爪哇的四大糖王之一！从此，阿住一发不可收拾，开始涉足保险业、银行业，拥有了自己的橡胶园……

28年，一个剃头的，一个货郎担，成为富贾巨商。

离家出走 34 年后的 1919 年，阿住决定回国孝敬老母，并将巨额资金带回报效祖国，当年怀揣 36 个银元下南洋的剃头匠，带回来的是 2800 多万美元！此后，他投资铁路、矿产、自来水厂，创办"日兴银行"，更用大量的钱财建筑家乡、厦门、鼓浪屿的小学、中学、大学，捐助上海复旦大学、暨南大学和北京大学、南开大学与岭南大学的图书馆，以弥补他从小辍学的人生遗憾。

为给 74 岁的母亲祝寿，阿住买下了英商在鼓浪屿的住宅，几经扩大改建，完成了中西合璧，既具欧式风格，又有中国传统特色的"黄家花园"。且不必说用意大利大理石铺装，至今光可照人的廊面、楼梯、扶栏，用进口楠木做成的护墙、地板、门窗，仅那水平划分的挑檐，造型简洁华贵，便已给人气度不凡之感。

更为可贵的是，这位剃头匠，发家不忘贫穷，在这豪华别墅的每一个房间里都有一面镜子，镜框上雕有三件理发工具：剃刀、须刷和掏耳筒，时刻提醒子孙不忘先辈创业的艰辛。并设有"家史馆"，作为教育子孙的拜堂。

果然，他的子孙不忘父辈教诲，20 世纪 50 年代，黄家子孙将这"中国第一别墅"交给国家，作为国宾馆，接待了不少政要和名人。

1945 年 78 岁的剃头匠阿住在上海辞世，留给后人丰厚的遗产。而数不尽的财宝和那仅在鼓浪屿就有 160 处之多的房地产，远不及讲述着他奋斗一生的故事。一个剃头匠能够成就如此这般的大事业，需要何等的勇气和毅力！他告诉我们，贫困并不可怕，可怕的是思想的贫困和信仰、精神的缺失。

菽庄花园

菽庄花园临海而建，至今已有93年的历史。主人林尔嘉，又名叔臧，园名即以他的名字谐音而命名。甲午战争失败的第二年，台湾割让给日本，林叔臧的父亲林维源不愿做亡国奴，遂携其子迁到鼓浪屿居住，此后林叔臧建了这座花园。

在鼓浪屿众多别墅群中，菽庄花园算得上是最雄伟壮观，最有气派的。在对菽庄花园的介绍中，有这样的文字："菽庄"依海建园，海藏园中，傍山为洞，垒石补山，与远处山光水色互为衬托，浑为一体。所造楼台亭榭不一其形，迎桥低栏，形若游龙。园内看海，波浪拍岸，依栏远眺，极尽山海之致，复有岩洞之幽，鲜花满径，绿树成行，为难得之胜景。

游菽庄花园，不可不访"鼓浪屿钢琴博物馆"。这个总面积近2000平方米的博物馆，是目前国内唯一专业展示世界各国名古钢琴的专业博物馆。馆内陈列了爱国华侨胡友义收藏的70架钢琴和100多个钢琴烛台、灯台及油画。其中有稀世名贵的镏金钢琴，有世界最早的四角钢琴和最早最大的立式钢琴，有古老的手摇钢琴，有产自100年前的脚踏自动演奏钢琴等。这些钢琴分别产自英国、法国、德国、美国等国家。它们在欧洲经历了两次世界大战后能完好地保存下来实属稀世珍品。它的建成，使"琴岛"有了名符其实的价值。

70台钢琴，个个都是精品。核桃木典雅，象牙琴键华贵，从古钢琴到三角琴，系统详尽地演说着钢琴发展的历史。最有趣的莫过于脚踏自动演奏的钢琴，说是有了这样的琴，那些本不会弹琴的贵族太太小姐们就可以坐在钢琴前煞有介事地摆摆样子。无需苦练也可弹琴，这个主意想得巧妙呢！

一直以来，钢琴似乎总是属于贵族，即便到了20世纪50年代，家中

跟着杂伴儿

能有台钢琴，自幼可以学习钢琴的孩子，仍是凤毛麟角，那年代的北京市少年宫钢琴组，仅有十几个小成员（我有幸成为其中的一个），辅导员把我们宝贝儿似的宠着，凡有重大国事活动，总少不了我们的琴声。课后，手牵着手，爬上景山公园的山顶，嬉戏玩耍，开心地唱着："让我们荡起双桨……"纯真年代，真的很纯，没有电视、没有网络游戏、没有枪战恐怖片，无须让妈妈担忧，无须为我们的"青春期"烦恼，那时我们10多岁。

终于，钢琴脱离了贵族，无需远去，只到中央音乐学院去看一下每年一次的钢琴业余考级张榜的情景，那数以千计的名单令人目眩。钢琴学校、培训中心、私人教授，种类繁多，良莠不齐。最苦的是学琴的孩子，好像当年我们并不觉吃力，不觉太苦的事情，到了现如今孩子身上就成了问题，冥顽不灵的有之，逆反砸了钢琴的有之，半途而废的多数，成为朗朗、李云迪的却只有一两个。望子成龙心切，可怜天下父母心，然而最可怜的当是现如今的孩子。我们是玩儿着长大的，他们呢？

但无论如何，钢琴不再属于贵族，唯菽庄花园与置身其中的钢琴博物馆仍完好地保留着贵族的痕迹。

浓厚的艺术氛围在钢琴博物馆中荡漾，抚琴追思，遐想无限。钢琴留在了博物馆，而由此产生的作品在人世间回荡，百年……更远。

渔家姑娘

　　记得有这么一首歌："大海边，沙滩上，风吹榕树沙沙响，渔家姑娘在海边，织啊织渔网。"如果没记错的话，这该是电影《海霞》中的插曲，在1975年，那年我还不满30岁，也从未到过大海边。电影的内容虽已淡忘，但那优美的旋律至今还有印象，甚至可以哼唱。就为这一首歌，让我想大海、想沙滩、想风吹榕树沙沙响，更想那在在海边织渔网的姑娘。这不是假话。

　　终于来到了大海边，且一住就是5年，听涛声看日出日落，漫步沙滩看潮去潮来，榕树沙沙响在耳边，唯独找寻不见在海边的渔家姑娘，就总觉得那一幅幅美丽的画面中，缺少了最美的内容。

　　现如今无论是反映军旅生活，或是公安题材的电视剧，剧中总会有一位漂亮的女主人公，尽管真实的生活并非如此，但至少可以说明女人在那些以男人为主的群体中，有着何等重要的地位。

出海打鱼是男人的事，依照传统女人是不可以上船的，但不管怎样，总该有渔家姑娘在海边织啊织渔网！

渔船是来来往往的，每遇台风来临之际，海面上进港避风的船只排成长龙，"突突"的冒着黑烟响成一片，十分壮观。

渔船是进进出出的，船只借退潮之机靠在岸边修整、油漆，赶时间抢速度，非常忙碌。

那一条条木制的渔船靠在岸边，需要仰着头看，人在它面前也显得矮小。其实只是一条非常普通的小渔船，与那万吨巨轮无法相比。不知怎的，只要看见这船就会想到"晕船"，又会从"晕船"想到这些终年在一望无垠的大海上飘泊的人们该是十分辛苦的。但只要看他们在那倾斜的甲板上如履平地般的行走，就可知他们一定不会晕船。"曾经沧海难为水"是也。

可惜都是青一色的男人：身体结实粗壮，皮肤黝黑发光。

渔网呢？女人们呢？渔家姑娘呢？

有一天，到了惠安崇武的大海边，大海浩渺，惊涛拍岸，极目远眺，心旷神怡。终于见到了渔家姑娘——闻名遐迩的惠安女。

鲜艳的服饰格外醒目，她们梳着蝴蝶状的头饰，花巾包着头，短衫宽脚裤，像是把自己包得严严实实，却露着肚脐，有些奇特。所以民间戏称惠安女的装束是："封建头、民主肚、节约衣、浪费裤"，很有意思。

在刚刚靠岸的船上忙碌着的男人们中间，惠安女鲜艳的服饰和已婚妇女挂在腰间那粗重的银链格外的醒目。她们麻利地把刚刚打来的鱼分类装筐，再铺上冰，不一会儿这些美味海鲜便可出现在餐桌上。

惠安女之所以有名，除了她们漂亮的装束之外，更重要的是她们的勤劳，在惠安，修公路、建水利、扛石块、拉板车甚至开摩托车的，几乎都是女人，当然少不了那让我魂牵梦萦的"织渔网"！

男人呢？他们干什么？做雕刻（惠安雕刻是很有名的），看孩子，当然还要出海打鱼。

惠安女，有着很奇特，或说是有点儿不尽人情的"不落夫家"的风俗，惠安女出嫁3天就要回到娘家住，逢年过节才可回夫家住上一两天，直到怀孕为止。就算是回到了夫家，白天还得用布遮住脸，晚上才能揭开，而第二天天一亮就又得回到娘家！这么一来，婚后住在娘家七八年，甚至十几二十年，成了常有的事。这种在我们看来是不可想象的做法，有它传统而又是根深蒂固的理论依据：女人住在娘家是"不欠债"的！这传统或可充分表明惠安女独立坚强，吃苦耐劳的优秀品质。但若从"人性"的角度出发，大有可商榷之处。

其实我大可不必杞人忧天，穿惠安传统服饰，守"惠安规"，已不再是年轻一代的事儿，可见的风俗与传统，只能在老一辈找见。或许过不了多久，传统惠安女的形象只能在照片、历史中找寻了。

渔家姑娘原来如此，当然，这只是在惠安。

"渔家姑娘在海边，织啊织渔网"的景象该是有的，所以至今仍向往。

打鱼人过着只属于他们自己的生活，渔家姑娘自有她们的幸福。在我们的眼中，他们过着另类生活，但同样书写着勤劳勇敢，并有着只属于她们的美丽。

跟着杂伴儿

垂 钓

钓鱼要得闲，自打参加工作以来，总是不得闲，所以与钓鱼无缘。这只是借口，实是耐不住性子，钓鱼的人是安静的，不慌不忙的，像我这么整天忙得乱七八糟的人，哪儿还有心思去钓鱼？更何况又是个急脾气，除了睡觉之外，无论干什么事儿都是一个"快"字。所以朋友们都不太喜欢与我一起吃饭，说我在饭桌上一口酒都不喝，随便划拉两口就把饭吃完了，跟我一起吃饭觉得好慌忙，挺没劲的。更有人说我不懂细品美味佳肴，实在是枉活一世。其实未必，我还是喜欢吃的，只是要看吃什么，在什么场合吃，看似很挑剔，也不尽然。

话扯得远了，还是说钓鱼。

我也钓过鱼，是在北京郊区农家院的鱼塘里，一根竹竿儿，随便放些鱼饵，没几分钟鱼就上钩，一会儿一条，来得个快。赶上人多的时候，这边钓上一条，跟着那边又是一条，忙说不能再钓了！怕太多吃不了。很快就烤熟，加些盐和香料，美餐一顿后，打道回府。

当然，这不能算是钓鱼，说出来让人家笑话。

在鼓浪屿，钓鱼的人，多是本岛居民，对涨落潮的时间非常熟悉，且有一套很精确的算法，计算公式大概是这样的：每月阴历十五之前，用阴历的日 $\times 8$；例如：阴历十二日，就是：$12 \times 8 = 96$，那么满潮时间就是早晚的 9 点 6 个字，即为 9：30 分（5 分钟为 1 个字）。若是在阴历十五之后，则需先减去 15，再乘上 8。例如：阴历十七日，就是：$(17 - 15) \times 8 = 16$，满潮时间即为早晚的 4 点钟。唯有初一和十五不用算，一定是早晚的 12 点钟。说起来挺麻烦，但熟悉了这个公式的人，稍转转脑筋就可以得出答案。有了这么个计算公式在脑子里，或去钓鱼，或去游泳，也就有了依据。不至于赶退潮的时候去游泳，那是很危险的。但我总是记不清这么简单的一个公式，写在这儿的，也是刚刚请教得来。够笨！

钓鱼的人很多，方法也很多。有的靠海边把"大海竿儿"一甩，一溜排开好几支，静静地等着。若是在夜晚，那小小的"漂儿"上，有荧光闪着，老远就能看得见。身边一个装满海水的小桶里，时时会有些很小的鱼，收获大的时候，也够一家人美餐一顿。

钓鱼的人，除了在海边架竿之外，还可以到海上去。他们常用一个很小的木板搭成的划子，站在上面，摇摇晃晃的荡在海上，看着挺悬，但人家悠然自得。下竿儿之后，往小板凳上一坐，尽情享受大海的拥抱。也有些人是把小划子挨到一块退潮之后裸露的岩石上，定是寻那儿的稳定了。每见此景，总为他们担心：一旦潮水退尽，该如何上岸？当然是杞人忧天。

原以为，钓鱼的人都是些老者，退休无事，享享清福，其实不然，中年、青年皆有之，且有钓鱼爱好者协会，各种比赛什么的，好是一番热闹。

长年钓鱼的人，都晒得很黑，显然他们并不顾虑美容之类的事，也肯定不去抹防晒霜之类的护肤品。乐趣所在，其他就显得次要。

长年钓鱼的人，只要一说到钓鱼，个个都是眉飞色舞，讲得头头是道：可尽享眼前的美景，可把身边一切烦恼丢在脑后，可解除一天的疲劳，可感受鱼儿上钩时那种激动……可惜我只有听的份儿，却无法分享他们的快乐。

依他们的说法，钓鱼的确是一件有百利而无一害的事，我相信。且他们批评说，我那些不喜欢钓鱼的理由，都站不住脚，不过是为自己的懒惰找借口而已。觉得有点儿冤枉，仔细想想没准儿是真的。

生活本该是多姿多彩的，业余爱好虽是因人而异，没人强求，但多些爱好总是件好事，生活也会因此而丰富许多。于是，下决心去钓鱼，无奈决心是下了，至今却仍无行动。此子不可教也！

伞和高跟儿鞋

在鼓浪屿生活，有两件东西必不可少：好伞和舒服的鞋，但万不能是高跟儿鞋！

先说伞。因为厦门的空气污染指数太低，鼓浪屿就更低，所以很少见天空被灰蒙蒙的污染气体包围着。因此，尽管夏日的温度并不一定比其他地区高很多，但因太阳少了被污染大气的遮掩，就会觉得特别的晒。清晨6点刚过，就已是阳光普照，晒得人冒汗。中午更不必说。就这么个晒法儿，没把伞，日子就难过。这伞，不仅要遮阳，还要备着避雨。每年春季，梅雨一来，连着十天半个月的没个晴天儿，2006年就更过分，雨竟淅淅沥沥下了近两个月，没把人给烦死。而到了七八月，又是台风的高发季节，说风就是风，说雨就是雨。所以，无论阴晴，这伞总要随身携带。

伞最好是大大的，可把暴晒的阳光挡在身外，大雨也可尽少淋湿身体。

伞最好是小小的，往包里一放，走到哪儿带到哪儿，不愁太阳来了没的挡，大雨来了没得防。

总之得有把好伞。

因为要时常带着伞，所以丢起来也很容易。下雨时记得用，等雨停了就会忘了拿；有时坐在轮渡上，顺手一放，下船就走，早把那伞忘得一干二净。因此伞又不能买得太贵太好，丢了可惜。

因为人人都打伞，这伞也就成了鼓浪屿的一景。只要人们涌出轮渡，就可以看到各式各样的伞依次打开，颜色不同，花色不同，大小不同，新旧不同，琳琅满目，蛮漂亮。

如此这般，卖伞的生意就特别好，游客若赶上雨，大可不必发愁，卖伞的会在码头叫卖，听着不贵，又是急需，也就买了——不买也不行。殊不知，早已被狠狠地宰了一刀，也是无奈。

说完伞，再说这鞋。

鼓浪屿多是坡路，又是个"步行岛"，走路就得有双好鞋，要宽松适度，且一定得是平跟儿。这样，无论走到哪儿，走多少路，虽会觉得累，但不会走到脚痛，甚至打血泡。

那天来了个客人，是位年轻的小姐，见面第一句话就告诉她，你脚下这双高跟儿鞋穿不得！她却不以为然，说是早已习惯穿高跟儿鞋走远路。好吧，依着她。没等一个来回走下来，她忙不叠要我带她去买双鞋，真可谓"不听老人言，吃亏在眼前"。

也常见许多登上轮渡的女士，所做的第一件事，就是忙把脚上的鞋脱下来，随之大松一口气，显然是在说："我的脚啊！"那时的她们，早顾不得身份和斯文，也没人对这漫不经心又是好自然的举动报以不满的目光。可以理解，可以理解，只因你不是岛上的人。

因为走的路多，鞋也就特别容易坏。因此，修鞋的生意也就特别好。小巷一头，一溜摆着修鞋、修伞的摊位，本岛居民来修鞋和伞是常事，我也不例外。有时看看那送来修的鞋，实在是该扔掉了，但仍要修，正所谓："新三年，旧三年，缝缝补补又三年"。好在，那修鞋的夫妇手艺特别好，无论多破烂的鞋，到了他们手上，不一会儿就可以整旧如新。因为是常客，坐等修鞋的时候就闲聊一通，他们很年轻的时候就从浙江到了鼓浪屿，一住就是20多年，讲着一口流利的闽南话。这还不算，一家人前不久在厦门市区买了一套房子，有百十来平方米。看看人家！一个普通的修鞋工，凭手艺过上了好日子。干这修鞋的活计，的确够脏够累，但看着那个功课很好，长得胖胖的儿子围在他俩身边转来转去，有说有笑的时候，就会觉得他们的日子过得好开心，好幸福。

幸福本是慷慨的，在给予他们的同时，也给予我们每一个人。

也许是鞋在这里太重要的缘故，本岛居民索性一双拖鞋了事，到冬天仍然如此，让我们这些北方佬看得发呆，多冷啊！他们并不以为然。

看来，什么都有个习惯。

肉松和鱼丸

肉松和鱼丸都是福建特产，但对于我这久居北方的人来说，却并不陌生。这话一说，就得说回到50年前。远了点儿！

那年月我八九岁，生活在一个大家庭的无忧无虑之中。太外婆很老——在我眼里；外祖父母的客厅里时常是高朋满座，谈笑风生——在我的记忆中；妈妈严厉而慈祥——在我的心里；儿时快乐无比——成为永久的回忆。

每逢春节，年夜饭摆一大桌，也只有这晚，小孩子才能坐上餐桌，这是规矩，不像现如今的孩子那么无法无天，没大没小的。所以盼这顿年夜饭，是吃了今年，就想来年，当然不只为这顿年夜饭，更重要的是饭后可以从大人手中收到一两毛的压岁钱并有鞭炮可放。

年夜饭在我们那个大家庭中是十分隆重的，但要等很久才有得吃，因为先要祭拜祖先，烧香磕头的，要好一阵子，我们也不敢吱声，只盼早点儿轮到我们去鞠个躬，因为辈分最小，所以轮到我们，这祭拜仪式也就接近尾声。

年夜饭不由平日家里的厨子做，而是专门请来福建师傅。他们早早就带着一应物品甚至餐具到家里的厨房忙活，这总要个大半天。我们趴着窗户往里看，说小孩不能进去，怕烫着。也确实危险，那几眼大灶烧得火红，油烟、蒸汽顺着窗户往外冒，小孩当然进去不得。眼睁睁地看着那福建厨子，把活鱼开膛用刀背剁碎，七搞八搞的，不一会儿就把顺手挤出一个个白色丸子放进滚水锅里。待送到餐桌上的时候，那鲜嫩爽滑，至今难忘。

所以鱼丸对我绝不陌生。

肉松也是福建厨子亲手做的，不仅过年有得吃，平日里他做好后，也要专程送到家里，有时拿在手上还是热呼呼的，说是请太太（我外婆）、大姑奶奶（我妈妈）尝尝，自然少不得付钱。有时妈妈来不及做饭，就把刚刚蒸出锅的馒头用肉松一夹，给我们吃，那肉松酥脆略甜，也是极美味的。为这美味，淘气的我偶尔也会趁妈妈不在的时候，打开装肉松的瓶子丢吃一点儿，再把瓶子摇摇，免得露了馅儿，当然还是逃不过妈妈的眼睛，不打也不骂，笑笑说："小耗子上灯台，偷油吃，下不来……"

所以肉松对我也不陌生。

到了鼓浪屿，见到鱼丸和肉松，倍感亲切。

鱼丸店很多，对哪间店里的鱼丸最正宗也有不同的说法，不过我知道有一间很小也很破旧的鱼丸专卖店，那里的生意最好，我猜想那里该是正宗的了。

卖肉松的店也很多，若从招牌上看，家家都是"正宗"，就不敢轻易去买。好在有本地人推荐其中一间门面最小的"黄胜记"是祖传，也不去考证，反正那小店门前总堆着人群，肉松、牛肉干、肉脯都卖得很好，远近闻名，也就认准了它。

大凡有客人来，问能带点儿什么特产回家，也只有推荐"猫屋"里的馅饼，"黄胜记"的肉松和"原巷口"的鱼丸。当然，夏天万不可带鱼丸上路，不等进家门就坏掉了，也是多余说。

鱼丸吃过了，不觉鲜嫩爽滑；肉松买了，不觉酥脆可口，并不是因为身在其中，便不知其中滋味，实是少了童年那份美好，留下的只有回忆。

回忆永远是美好的，所以我们永远生活在回忆之中。

6 点钟要吃饭

在厦门，无论公事还是私人聚会，约 6 点钟吃饭是常有的事。因久居北京，又时常往来内地与香港之间，就觉得不太习惯，总觉得这吃饭的时间早了点儿。有一次，差不多 8 点钟刚过，到一间很大也很有名气的餐厅吃饭，服务员迎头就问："您吃饭吗？"，我心想："多新鲜啊！不吃饭我上你这儿干嘛来？！"可见 8 点钟去吃饭，就要被人"怀疑"。若是在大都市，8 点钟正是吃得最热闹的时候。所以在厦门吃饭，千万迟不得，迟了遭白眼不说，万一大厨下了班，原本好吃的，也会变味儿。

入乡随俗，久而久之 6 点钟吃饭也成了我的习惯。

6 点钟要吃饭，与这个城在海上，海在城中的城市有关，先看看冠在厦门市的一堆头衔吧："国际花园城市"、"中国优秀旅游城市"、"国家园林城市"、"国家卫生城市"、"国家环境保护模范城市"、"全国精神文明建设的宣传典型"……

中等城市，人口密度适中，公共交通十分方便，加之生活水平较高，生活优越富足，节奏不紧不慢恰到好处，因此厦门人就十分讲究生活的质量，家庭在人们心目中的分量也十分重要。除公事，朋友间聚会之外，家庭的聚会在厦门的每个家庭中都是常有的事，逢年过节自不必说，即使是周末，餐厅也是人满为患，吃个"必胜客"竟可等位两个多小时！在这些聚会中，公事请客的少，家庭、朋友聚会的多，点些合口的海鲜、小菜，并不铺张。一家人团坐，有说有笑，是非常开心的，让久居大都市的人嫉妒又羡慕。

若在北京，约 6 点钟吃饭，像是天方夜谭，那时正值下班的交通高峰期，光堵车就不知要堵到何年何月，6 点钟约吃饭？不可能，不可能的！

6 点钟要吃饭，还有一个原因，是我猜的：因为厦门人的家庭观念很重，所以公务饭要早吃早结束，那就能早点儿与家人聚聚，那里很温馨……

如此这般，饭桌上不劝酒，又成了厦门人的一个好习惯。若你说不胜酒力，就一定不会逼着你喝，遇上对方是个能喝酒的人，他就会说："我干杯，你随意"。对我这个滴酒不沾的人来说，简直太好不过。

这或是一种小康生活的品质和品味。

不由得想起有一年在内蒙古，刚坐上桌的几分钟之内，大盘菜就冒尖堆了一桌，到夜深时分，饭桌上的人，除了我，个个酩酊大醉，显示出了北方人豪爽和气度。南北方差距如此，无法评说好坏，地理位置、生活环境造就了不同地域不同人的不同性格，都是好的。这是个不得罪人的说法，但从我内心而言，我更喜欢厦门这种松散温馨的生活方式，闲在而自由。

这种闲在，还可从厦门比比皆是的咖啡厅和面包房中得到佐证。咖啡厅很多，大的如"上岛"、"我家"、"雅格仕"……小些的就更多，大陆、台湾商人和老外开的都有，虽是小小的一间，却很有情调，小资味挺浓，名字也好听："悦读"、"梅兰朵"、"黑糖"……面包房由大公司占据主要市场，而一间间小店铺也有自己的生意，现烘现卖，很新鲜。这么多的咖啡厅和面包店，生意都很兴隆，更为厦门这个远在百年前就"对外开放"的海港城市，增添了高雅气质，映衬着小康生活的幸福。

6点钟吃饭，在鼓浪屿挺难，不是说6点钟吃不成饭，而是好吃的能吃的餐厅几乎没有。这里多是一些为招徕游人的海鲜餐馆，饭菜的质量略好过食堂，与大锅饭没什么两样。所以我就吃食堂，用不着等到6点钟便可吃饱回家去做自己想做的事。偶尔一时兴起，想做点儿什么吃，可等做好了，一个人坐在餐桌前，就会愣愣的发呆，觉得傻傻的，并不觉美味，实是少了同桌吃饭的人。

吃饭要有氛围，喝酒也得有气氛，缺少了这些，也就缺少了"吃"的乐趣，而这之中最少不得亲情、友情……

6点钟去吃饭——在厦门，餐桌上全是亲情和友情。

金门高粱酒与钢刀

从厦门和平码头登上喷射飞船，1个小时可到金门，流传着这么个顺口溜："福建的厦门，台湾的金门，门对门儿，可串门儿。"导游说，退潮时"两门"的最近距离才1800米，实在是很近。面对金门的厦门一侧，耸立着一块巨大的标语："一国两制统一中国"，对门儿也有一块："三民主义统一中国"，道出了现实的状况与无奈。但有一点儿是一致的，同是"中国"。

"三通"至今不通，但厦门与金门的快船往来早已开通，方便了台湾人到厦门，也方便了厦门去金门的旅游者。依金门县长的意思，你台北不通，我先通，是很现实也很实际的想法，旅游可促进金门经济的发展，也给两地的老百姓带来实惠，何乐而不为。更何况还有那么多在厦门投资建厂的商人，来来往往的，谁愿意费事儿绕道？船班也就因此增加。

鼓浪屿到处卖"特产"，其中就有"金门炮弹皮钢刀"，招牌做得很大，是个专卖店。门前还摆放着一堆生了锈的弹片，以证真材实料，所说无误。

自建国 30 多年的时间里，厦门始终是"前线"，沿海一带皆为军事禁区，有重兵把守，因此厦门的建设与大发展较之其他地区晚了许多。炮轰金门是 1958 年 8 月间的事，在开始的 64 天里，有 45 万发炮弹甩向金门，可谓壮观，台湾方面当然也要还以颜色，就这么打个不停。这一轰就是 20 年，直到 1979 年元月，国防部长徐向前发表声明停止了对大小金门、大担、二担等岛屿的炮击。

百万发炮弹皮后来就成了制作金门菜刀的原材料，杀人的武器改变了用途，或可诠释战争与和平。

总在想一个问题：若从 1979 年算起，已经过去了 27 年，炮弹皮存货到底有多少？制作一把钢刀又需要多少炮弹皮呢？也是多管闲事，钢刀是否炮弹皮做成，并不重要，重要的是质量真的很好，家中用的一把，至今锋利无比，且绝不生锈，这就行了。

除了炮弹皮钢刀，到厦门游鼓浪屿，不可不喝有"台湾第一美酒"之称的金门高粱酒，是烈性的白酒，采用金门旱地高粱、甘甜的宝月泉水为原料精深酿造而成，据说05年连战、宋楚瑜、郁慕明先生访问大陆时，金门高粱酒是他们所带的共同礼品，可见其地位。听喜酒的朋友们说这酒不错，味道醇香柔顺，我却无福消受，可惜。

当然买金门高粱酒，最好是到专卖店，厦门、泉州、福州都有，河南还成为第一个区域市场，这之中有一个重要的原因：河南是台湾闽南人和客家人的重要祖籍地。原来这酒的醇香，是由浓浓的乡情酿造而成。

当年的海防前线，建成了堪称全国第一的环岛路，路贴着海，海拥着树，海滩宽阔好游泳，海水温暖可弄潮。看喷射飞船往来"两门"之间，逢中秋、春节海峡两岸焰火齐放，一片祥和。

台湾著名诗人余光中的《乡愁》脍炙人口，他感慨万千地咏道："而现在，乡愁是一湾浅浅的海峡，我在这头，大陆在那头……"

但炮弹皮毕竟已经熔化成菜刀，战争风云也落到餐桌上变成醇香的高粱酒。"我在这头，大陆在那头"分离的日子，该不会太久。您瞧，"门对门儿"的厦门和金门，不是已经开始串门儿了吗？

衣服晾在大街上

　　能把衣服晾在大街上的地方不多，鼓浪屿可以，也算得上是一景，当然算不上"亮丽"。

　　晾衣服的方式很多，在街上自家拉根绳的有，索性把被褥衣服搭在电线上的有，平铺在小矮墙上的也有。因为要把衣服挂在高悬的电线上，所以还得有个工具，长长的一根竹竿顶着一个叉子，看人家用起来到也得心应手。

　　春夏两季的南方很是潮湿，初来乍到的某一天，回到家发现地上有一层灰，心想这么干净的鼓浪屿，哪儿来的灰尘呢？等俯身去看，用手指轻轻的一抹，这才发现不是灰尘，是水气！忙不叠打开空调抽湿，一小会儿的工夫，院子里就满是从房间里抽出去的水了。那阵子家具、衣服、皮鞋，一个不小心就会发霉长毛儿，有一件好好的皮衣就落上了斑点，费了许多气力仍有残存者。

　　春夏两季又是多雨，多台风的季节，那雨一下起来就没个完，连续一两个月的事儿都有，干脆见不着一个晴天，凉快到是够了，可苦坏了那些住在破旧房子里的人们：洗完的衣服没地方晾，都晾在房间里，一辈子也没个干。

　　鼓浪屿的别墅的确很多也很漂亮，但破旧低矮，年久失修的民房也有不少，厨房、客厅、卧室堆在一块儿，一家人挤着住的也挺多。那些房子临街而建，甭说是院子，房檐都没有，衣服自然也就没了地方晾。所以久雨初晴要做的第一件事，就是晾衣服。于是五颜六色的被褥、床单、枕巾、枕套、衣服、裤子，甚至胸罩内裤也都堂而皇之地晾在大街上，摆给每一个过路的人看，那一家男女老少有几口人，抬头可见，一览无余，绝无隐私可言。

　　时常路过巷子里那一排排低矮的民房，小窗上的抽油烟机起劲儿地把油烟送到街上，油烟的气味混着炒菜的香气扑面而来，肚饿的时候会想到炒出来的菜一定很好吃。

　　时常路过，也就仔细看看，没有安装空调的住户很多，房间很少透进阳光，总是黑乎乎的，一张小矮桌几个小板凳围坐吃饭、看电视……在夏天我首先就会想到"多热啊!",待到了冬天又要想"多冷啊!"。对比自己过的日子,那纯属"腐败"了:夏天进门就得开空调,遇上气温低过10度的那几天马上得把电暖气搬出来,如此这般,跟人家怎么个比法儿?!

生活是不知不觉的变了,人也就随着变了。想当初,在乡下插队,有谁管你冷热,三十四五度的夏天,数九寒天的冬季,不照样得下地干活?!空调、电暖气?没想过,也没见过,那十几年的日子是怎么过来的,好像都不记得了?

不记得了么?大冬天在马车上晃荡一夜到县城去拉化肥,一件光板儿皮袄,围着个烧着玉米棒的铁桶取暖,前心暖后心儿凉,双脚冻的没了知觉。

不记得了么?房间里虽有个火炉,但那薄如纸的砖墙怎抵得寒冷,早晨起来盆水结冰,墙壁上一层白色冰霜。

……

记,还是记得的,只是我变了。变,并没错,生活本该越变越好,日子本该越过越舒坦,但不管怎么变,往事总不该忘却。

本该多说点儿与衣服晾在大街上有关的事儿,扯来扯去就扯远了,但每当我走过那些低矮的小房,每当我看见衣服晾在大街上的情景,就不由得引起我对往事的回忆,更平添几分惭愧——为我能过着比许多许多人优越的生活。

毓园凭吊

跟着杂伴儿

"我是鼓浪屿的女儿，我常常在梦中回到故乡的海边，那海面真辽阔，那海水真蓝真美。"——林巧稚

"毓园"里住过林巧稚，一位把毕生精力献给中国妇产科事业的女人，她没有结过婚，但她是5万多个生命的母亲。许多父母感念她从死亡线上抢救出自己的婴儿，就给自己的孩子取名为：念林、爱林……

步上台阶，迎面是一尊雕像，一双巨大的手，托起一个婴儿；在绿荫的环抱中，一幢整修一新的米黄色建筑，是林巧稚的故居，现已成为她的纪念馆；一排松树前，有她的全身雕像。每年5月12日的护士节，都会有年轻的护士们来这里，面对着她的雕像发出自己的誓言，要把她的精神弘扬光大。

1901年她出生在鼓浪屿一个基督教家庭。1932年赴英国学习深造，但

只在英国生活了一年，就匆匆踏上归程，让导师和朋友们大惑不解，她的理由却很简单："月是故乡明，我是中国人，中国人不回中国，回哪儿去？"

就这样，她怀着"我和我的事业将与祖国共存"的信念回来了，把一生献给了她热爱的祖国，她的事业。

其实，林巧稚并不是个独身主义者，她热情开朗，喜欢音乐、文学，崇拜莎士比亚。但对待事业，她到了近乎狂热的程度，这使得她不得不放弃许多。至于她为什么一辈子不结婚，她解释说："我一辈子没有结婚，为什么呢？因为结婚就要准备做母亲，就要拿出时间照顾好孩子。为了事业我决定了不结婚。"

为那些幸福的母亲，她放弃了做母亲的权利；为了万千家庭的幸福，她没有足够的时间去照顾自己。以她的方式，书写了母爱的博大。

她最爱听婴儿的第一声啼哭，从中感受到生命的奇妙，感受作为医生的自豪，更体会到了母亲的快乐。

她失去的太多，但得到的自豪与快乐并非人人可拥有。

我有幸见过她一面，是陪我的外祖母看病。林大夫从"男士止步"的大门里走出来，礼貌地摘下口罩冲我们笑笑说："你就在这儿等吧，我陪你的祖母进去。"说着，伸手搀扶着我的外祖母走进去。其实她的年纪并不比我的外祖母小，而顺手搀扶这样一个小小的动作，实是一种崇高职业道德的体现——在无意之间。

至今仍记得她的微笑，记得她伸出手的那一刻。笑容灿烂，"搀扶"伟大。

"事业"是什么？事业是生命，是奋斗，是牺牲，是"我是一辈子的值班医生"那无声的过程。久久站立在她的雕像前凝望，母亲，您用毕生的行动写下了"事业"的定义，平凡中的伟大并不是人人都可以做到的，而您俯仰无愧。

"毓园"里的她，笑容依旧，那托起婴儿的双手托起了整个世界。在那里鲜花为她开放，鸟儿为她歌唱，歌唱着一位伟大的女性，一位有着5万婴儿的母亲。

跟着杂伴儿

奥运年怀马约翰

体育对于"培养人的性格——勇气、坚持、自信心、进取心和决心"，"培养人的社会品质——公正、忠实、自由、合作"以及获得健壮的体魄等方面都具有重要价值。——马约翰

鼓浪屿有一个"人民体育场"，门前立着一尊雕像，走近前看，分明写着："马约翰"三个大字。

马约翰这个名字我不陌生，但他是鼓浪屿人这事儿，是到了鼓浪屿才知道的。

最早听说他的名字是从我妈妈的口中，20世纪30年代，马约翰先生在清华学堂做体育老师，我的妈妈就是他的学生。后来，清华大学成立，我的外祖父与约翰先生成为同事，并同住"清华园"，到1941年，妈妈和姨母到西南联大读书，约翰先生也在那里任教，所以他们是非常熟悉的，早就成了好朋友。听妈妈讲他是非常严格的老师，体育课上，对动作完成好的学生，他会很开心地说个"nicely"，而完不成动作的，就得一次一次去做，直到他满意为止。更糟糕的是我妈妈因为体育课不及格而被迫留了一级，那分数就是约翰先生给的。每逢妈妈回忆这段往事的时候，总会哈哈大笑，显然这段往事给她留下了美好的回忆。后来才知道，原来约翰先生的严格不只是对我妈妈，梁实秋先生因游泳不及格，被扣了一个月，最后也只落得"好啦，算你及格了"。著名学者吴宓先生为了一门跳高不达标，出国留学的事，被约翰先生压了整整半年。严格如此，有着他非常明白的道理："从我来说，我主要是考虑到祖国的荣誉问题，怕学生出国受欺侮，被人说中国人就是弱，就是东亚病夫……"1919年他大声疾呼："啊，中国需要体育，就像一个结核病患者需要治疗一样。"从此，他一生从事体育教育工作，亲眼目睹了他热爱的祖国从"东亚病夫"走向体育强国的行列，这之中自有他不可磨灭的功劳。

这是很久以前的事儿了。

也正是从妈妈的口中知道，约翰先生身体非常好，一年四季穿一身白色短衣裤，冬天也只是多加一双球袜，这与我在鼓浪屿看到他的那尊雕像一模一样，也就感到格外亲切熟悉，仿佛与我是老熟人。

从少年时代开始，约翰先生就养成了良好的运动习惯，游泳、跑步、投掷成了他的日常爱好，而鼓浪屿特殊的自然环境恰恰为他提供了最良好的条件。鼓浪屿人民体育场，在鼓浪屿老百姓的流传中，是中国最早的一个足球场，而这个足球场的创建者正是约翰先生。他一生从事体育教育，又有着得天独厚的自身条件，早年他在圣约翰大学接受过系统的理科和医科教育，后来又两次赴美国专门进修体育。因此他对体育的见解，包括了很多科学的内涵："体育是使人获得健康的重要手段，它涉及到生理学、心理学、解剖学、人体机动学、社会学等等。"这样的学历在体育界的人才中实为罕见。而早在1931年他就围绕着"品德教育"发表了自己独特的见解，提出了在清华大学体育教育中要发扬的五种精神：1. 奋斗到底绝不退缩；2. 高尚的道德品格；3. 能为社会做出贡献和牺牲；4. 互助友爱团结合作；5. 永葆清华精神。

75年过去了，但他所提出的五种精神，时至今日看起来仍是那么鲜活，对现代教育、青少年的思想品德教育具有十分重要的指导意义。当我们在无休止讨论现在青少年缺失的时候，看看约翰先生提出的五种精神，答案该是有了。"奋斗而不退缩"、"为社会做出贡献和牺牲"、"友爱团结合作"……正是"6＋1综合征"的年轻一代人身上所缺少的，约翰先生所倡导的，正是我们需要的，实在是太需要了！

或许我们对年轻一代的"品德教育"应当从体育入手？并重提约翰先生所提倡的五种精神？

功夫茶

功夫茶，需要工夫。

每天到办公室的第一件事，就是在一个很大的保温杯里沏一杯茶，从早喝到晚，到傍晚时分这杯茶已经很淡，就不会影响睡眠。这种喝茶的方法纯属"牛饮"，与功夫茶不相干。

对茶的了解，是到厦门之后的事，仍是皮毛。

闽南人喝茶十分讲究，说是功夫茶，一点儿也不假，没有工夫就喝不了功夫茶，因为它有一套十分讲究又严格的程序。

先说喝茶的家伙，从简单的盒子似的茶盘到根雕制品，种类繁多，下水的孔接到放在地上的水桶上，免去了一趟一趟去倒水的麻烦。而手边一个"随手泡"的电热壶，又可不必跑来跑去烧开水，那壶里的水总是开的，待温度下降时，又会自然开启。这本已经够方便了，还不行，时至今日，在家庭装修的时候，热衷茶道的家庭，索性把上下水接到了客厅的茶几前，不动地方，就可以煮水沏茶。

再说茶具，有紫砂制成的器皿，也有瓷制的，制作精美，高档的可当做艺术品供奉。现在所使用的茶具，大多是瓷制的，据说使用紫砂器皿相当麻烦，要"养"好一个紫砂壶，需要好长的时间。

想要喝到一杯真正的功夫茶，得有耐心。看主人用滚水将茶具一一烫泡，再用滚水沏茶，而第一道是不喝的，为清洗茶叶，也为再烫茶具而用。待茶沏好后，先要用"闻香杯"扣住，主人会将"闻香杯"恭敬地送到客人手中，请闻一闻那茶的香气，是对客人的尊重和礼貌。懂行的人，只要闻茶香，便可知茶叶的等级，当然得是内行。有经验的泡茶者，可以将一小壶茶按喝茶的人数，不多不少分到小小的茶杯内。直到此时，方才可以喝上第一杯茶，且要趁热，将茶放在口中，不忙咽下，去仔细品味那茶的妙处，醇香无比，甘甜润在唇边、喉咙。

茶叶的包装与喝茶所需的工夫同等，散装固然有卖，却一定不会是好茶，真正的好茶，统统是小包装，放在密封的筒子里，那一小包正好就是"一泡"，而这"一泡"最多能喝上个三五次。就连盛产乌龙茶的安溪人都说这功夫茶是喝不起的，按他们的生活习惯，每天至少要泡上个三五回，若每每都是高档茶叶，一个月的工资还不够喝茶！这是实话。好茶到手，是不可乱放的，一定要放在冰箱里冷藏，才能保持新鲜不变质，又是何等的讲究！

茶叶的品种繁多，制作方法全然不同，又有"生"、"熟"之分，沏出来的茶，从颜色上一看便知生、熟，我是说不清楚的。在鼓浪屿，四处可见茶叶店，但要买到真正的好茶，并不容易，鱼龙混杂，不敢轻易。开茶叶店的大多是安溪人，全国的茶叶经销百分之八十被安溪人占领，不愧茶乡称号。

最有趣的是关于"大红袍"的来历，说是这不多的茶树长在悬崖绝壁之上，采摘时，人是绝对无法办到的，于是就专门训练了一批猴子去做这人做不到的事情，为了能远远看清猴子们的位置，便给每一只猴子穿上一件红袍，"大红袍"因此得名。产量少而又少，且大多是"贡品"，非普通人能得到，正品"大红袍"据说可卖到上万元乃至几十万元一斤！自不排除人为的炒作。所以市场能见到的"大红袍"多是赝品。好在我也没喝过。

入乡随俗，家中也备有一套极为简单的茶具，还是当地朋友送的，却很少派上用场，没工夫。偶尔有客人来，想显派显派，却时时出丑，或烫了手，或打翻杯，笨手笨脚的，但总算是给客人一种新奇的感觉，让人家觉得我还像那么回事儿，有点儿闽南人的意思，其实差得远。

跟着杂伴儿

婚纱照

这年头时兴拍婚纱照，影楼生意兴旺。

鼓浪屿太美，所以成了拍婚纱照的首选之地。所到之处，总会有一批又一批的新郎新娘，婚纱有洋式的、中式的，白色的红色的，五花八门，眼花缭乱。就这么着，拍婚纱照，也算得上是这岛上的一景。

拍婚纱照，实是一件很辛苦的事，新娘穿着累赘的婚纱满岛的跑，后面还得跟着个人，帮忙提着拖在地上的裙。若赶上好天儿，不凉不热的，算是舒服。但也常见，新郎新娘满头大汗的，一个劲儿喝水、补妆；常见酥胸半裸的新娘冻得浑身起鸡皮疙瘩，一张照片拍过后，马上把大衣披在身上，好是可怜。

尽管如此，从新娘的脸上，仍可看出与平日的不同，那笑总显得甜蜜些，那脸儿总显得幸福些，那依偎总显得亲密些，毕竟人生只有一次，但又有谁知呢！

不记得是谁说过：婚礼上的新娘是女人一生中最美丽的一天，这话应是不假。无奈现如今的婚礼，从早到晚，把个新郎新娘忙得晕头转向，到晚宴的时候，新人已显疲惫，加之不停的劝酒，新郎新娘醉酒在婚宴上的事，也是屡见不鲜。最近才知道，按闽南的风俗，接新娘要在日出之前，也就是早晨的四五点钟，接下来就是一天紧张的日程，照这么折腾，"洞房花烛"大概可以免谈。好在现如今的男女并不太介意这"初夜"，个中道理自不必细说，光看看整天争论不休的关于婚前检查是否要有"处女膜检查"，"人造处女膜"市场生意火爆……便可见一斑。其实也是多余，管那么多干什么？若有真爱，是否处女，又有什么关系？更何况自动出售避孕套的机器，早已装进大学校园！再来纠缠"处女问题"，实是有些可笑。

　　婚事到了 21 世纪，变得越来越繁琐，不似 20 世纪 60 年代，那年月结婚简单得很，婚纱照是什么玩艺儿，大概无人知晓，就算是知道，也都是从父母辈的老照片上看到的，虽有些羡慕，也只能是幻想。婚礼简单不说，亲朋好友送礼则是清一色的毛主席语录、像章，贵重些的则会是一尊他老人家的雕像，不过"红色海洋"到多多少少能给新房增添点儿喜庆的气氛，算是这些东西唯一的用途吧。到后来，像章、语录都不知该如何处理是好，当垃圾扔掉或当废品卖掉，大有不敬之嫌；收存起来，又嫌地方不够，煞费了一番苦心，也只有偷偷埋掉，算是上策。谁承想，到后来这些东西都上了古玩市场，精品还能卖出高价，悔不当初缺少远见，或许因此发财，也未可知。

　　拍婚纱照，说是"艺术照"，依我看"艺术"谈不上，一套程序而已。拍摄时间、地点、路线，拍摄姿势、表情，都在摄影师的脑子里，他说停，你就停，他说笑，你就笑，一个地点接另一个地点，一个姿势接另一个姿势，今天、明天、后天，无论你、我、他，统统一个样。所以每参加婚宴，看播放新郎新娘的照片，总有似曾相识感，并不觉"艺术"所在。

　　婚纱照越拍越讲究了，婚宴的规模也越来越大了，接新娘的车换成"奔驰"、"卡迪拉克"了，令人遗憾的是现如今的婚姻质量却是越来越差了，据中国民政部发布的《2005 年民政事业发展统计报告》显示："从2002 年以来，中国离婚率一直呈现持续走高之势。去年办理离婚手续的有178.5 万对，比上年增加 12 万对。"这还是 2005 年的统计，现如今这个增长比例，大概早已远远超过当年！

　　尽管如此，拍婚纱照的人儿还是幸福的，结婚典礼上的新娘还是最美丽的，至于今后如何，那是后话。能有眼前的幸福，该是足够了。

　　足够了吗？

　　……

流浪者之歌

　　说他们是流浪者并不确切，其实他们是一群街头艺人，也算得上是这个艺术之岛的一道风景线。起初这样的艺人有不少，此处彼处都可见，演奏质量却是参差不齐，极差的已有"有碍观瞻"之嫌。经整顿通过考试领取"上岗证"，持证者方有资格留在岛上演奏演唱，且有固定的地点，果然好了许多。

　　那位电子琴演奏者，花白的长发梳成一个马尾，留着胡须，常年餐风宿露，很黑也很瘦，看上去一定要比他的实际年龄大许多，其实也就是40岁左右。他大概是在岛上演奏资格最老的一个，5年前刚到鼓浪屿就见到他，看他放在电子琴前面的简历也果然了得：曾是部队专业的演奏员……到鼓浪屿后也颇引起媒体的注意……被报导过多次云云。初见他时，只有一台质量极为一般的 YAMAHA，音箱也是破破烂烂的，5 年之后的今日，人家也是鸟枪换炮，上下两排的电子琴，加上大功率的音箱，演奏效果有了明显的改善。在我们这类搞专业人的眼里，往往会小瞧了他们，心说你若真有本事，也不至于到处流浪，其实不然。听他的演奏，无论和声、伴奏织体、音色还是演奏技巧，都可说是极佳的。更为难得的是那份投入，尽情尽力有声有色，连续演奏十首八首曲目仍是面不改色心不跳，其敬业精神是许多专业音乐演奏员所不及的。逐渐也成了"名人"，市里的许多联欢活动也都会请他去演奏，于是常可见他与夫人搬着家伙上船下船，很是忙碌，能被社会承认接纳，对于这样一个流浪艺人来说，并非易事，自与他坚持不懈的努力分不开。现在，在演奏台旁边，他又摆上了自己录制的 CD，供游人选购，销量未必很多，也是一条生财之道，可谓聪明。随后其他演奏者纷纷效仿，收入如何不好细问。

吹笛子和萨克司管的，都是中年人，因为是在广场演奏，这些器乐也都挂上了音箱，声音洪亮，可远远欣赏：笛声圆润细腻，萨克司凄婉悠扬，唢呐嘹亮奔放……

做流浪艺人是很辛苦的，要扛得住夏日的炎热、冬日的湿冷，风里来雨里去，一站就是几个小时，随笔写写容易，但他们却得年复一年日复一日地面对，需要耐力更需要勇气——耐得住寂寞、不以物喜不以己悲的勇气。

做流浪艺人是很浪漫的，他们生活在大自然中，享受着阳光雨露鸟语花香，看花开花落，迎黎明送晚霞。远离城市喧嚣、人事纷杂，独来独往天马行空，是何等惬意！

问他们何以如此选择，答曰"图个自在"；问他们是否觉得辛苦，笑答"为的是这份自由"；问他们收入如何，不做正面回答，只说"还行、够花"。简单的回答，却道出了他们的人生态度，有了自在、自由，其他一切都显得不重要了。从他们身边走过，我们常会摆出一副专业的架式，流露出不屑一顾的神情。其实，在他们的眼里，我们才是真正的凡夫俗子，远不懂超脱潇洒，更一生一世享受不到神仙般的生活。

流浪者用他们对待生活的态度和对生活的理解，在这一方土地上诠释音乐。他们永远走不进维也纳金色大厅，登不上大雅之堂，但与那些矫揉造作的演唱演奏，那些靠出卖色相、大腿博得青睐的"艺术家"相比，他们才是值得骄傲的。他们一生的收入，大概远不及"大腕儿"的一首歌一支曲，但植根在一片沃土之中的他们，却有着永久的生命和活力，这价值无法用金钱去衡量。

艺术的创作与再创作，本需要灵感、自由的空间、自娱自乐的一份尽情投入和真诚。无奈浮躁的现实生活，使许多艺术家失去了这些本质的东西，或为生计敷衍了事，或为金钱疲于奔命，懒得唱就对对口型，懒得演就单方取消合同，为了名利你争我斗，把个人隐私揭个底儿掉……更有什么"超女"、"明日之星"、"非常××"推波助澜，勾引着一大批年轻人想寻个捷径一夜成名，早已忘记艺术是需要下功夫，花大气力的！流浪者的那份真诚，在我们的文艺舞台，特别是电视舞台上已不多见。

我们记住了许多优秀音乐家的名字，却叫不出流浪者之中的任何一位，但到过鼓浪屿的人们都会记得他们，记得刚刚登岛便可听到的悦耳琴声，这会是一种永久的记忆，为着只属于他们的艺术。

流浪者唱着他们自己的歌，涛声协奏，鸟儿伴唱，海风把这歌声带向远方，悦耳动听。

教 堂

鼓浪屿有 3 个教堂，天主教堂、基督教堂和三一堂。据说洋人们在的时候，教堂的数量还要多。但对这个面积仅为 1.8 平方公里的小岛来说，3 个教堂的比例当不算少。

家门口就有基督教堂，一个不算太大但修饰整洁漂亮、四季都有花开的花园，围着一个红色尖顶、带着十字架的建筑，很是醒目。每从它身边走过，总给人一种肃穆凝重的感觉——为那小庭院的安静和美丽。

周三晚上和周日的上午，这教堂里都有活动，坐在家中便可听他们唱诗，走近门口就可以听到牧师布道，原以为参加此类活动的都是老年人，却并不尽然，中青年人也有不少。办公楼的隔壁，是天主教堂。白色尖顶，也有一个小巧玲珑的花园，一尊白色的耶稣塑像，伸开双臂拥抱着来来往往的子民。逢圣诞节，早早就有精细的布置，羊圈里有温暖的火光，再现了耶稣诞生时的场景，四周有美丽的鲜花围绕。

节日当晚，教堂内灯火通明，早早就坐满了信徒，唯恐晚到无位。原以为坐在那儿的年轻人多是好奇者，却不然，那份专注、那份虔诚，看得出不是来凑热闹的。每年此时，都要过去走走，在挤满人群的花园中四下里看看、转转，也是想感受一下那种气氛，仍有一份好奇心。家门口的基督教堂，在圣诞夜却是格外的冷清，没有任何活动，说是与主持这教堂的牧师有关，理由是：并不知耶稣确切的生日，所以不过圣诞节云云，也无心考证。

然而，圣诞节对我来说，仍是重要的，为着已经在天堂里的妈妈。从小我和妹妹挂在窗边的袜子里，都会收到圣诞老人送来的礼物。那晚，总是不肯睡觉，说是要看圣诞老人从烟囱里钻进来把礼物装上，妈妈就笑笑说：睡吧，明天礼物会有的。自然，终耐不住眼困，还是睡了。那晚，总要听妈妈唱些圣诞歌曲，她最喜欢的一首是"White Christmas"，说最早是听父亲唱给她听的，那感觉自是不同。所以她每年都要唱，从我们小，直唱到她老。那歌中唱道：

I'm dreaming of a white Christmas, just like the once I used to know......
May your days be merry and bright and may all your Christmas be white.

那歌词之优美，曲调之流畅，很容易便可学会，也就时时哼在我嘴边，妈妈的音容宛在，也是一种怀念和寄托。唯一遗憾的是，歌中"我梦见一个白色的圣诞节"，"愿你每一个圣诞节都是白色的"情景，只在儿时的记忆之中、在梦中，却不能找见在南国。

教堂就在家门口，总觉得该走进去，在那木椅上坐坐，但又恐自己的不够虔诚，尽管出生不久，就在广州沙面一个小小的天主教堂接受过洗礼，教父教母齐全，却从未踏进过教堂一步（参观不算），诚惶诚恐，实有不敬。常被劝说：若不信我主耶稣，死后便不能升天堂，想想也挺可怕，转念又想，死都死了，还要管它去哪儿吗？也就少了那份对主的敬畏，是很不应该的。看楼上邻居那对信奉我主耶稣的老夫妇，为人之和善、心境之平和、心地之宽容、待人之大度，似随时都能在他们身上看到主的力量与赐福，相比之下，自惭形秽，一介凡夫俗子，差之远矣！

信仰是重要的，也是自由的，谁也无法强求谁去信仰什么，然而终得有个信仰，最可怕的莫过于什么都不信的那种自私和贪婪。"为人民服务"其实也是一种信仰，无奈我们的一些人民公仆早把那对共产主义的信仰抛到脑后，私欲的极度膨胀终把他们推到了人民的对立面。"好好学习，天天向上"其实也是一种信仰，无奈许多莘莘学子却因家庭和社会的种种原因变成了好吃懒做，不学无术的小混混，眼睁睁看着他们荒废学业，浪费青春，着急又无奈，真的是"皇帝不急，急死太监"。我把诸如此类看不顺眼的事，笼而统之称为"浮躁"，而这一切又被归为"信仰的缺失"。当然，这只是我个人的看法，好在小人物看法的正确与否，并无关大局，发发牢骚而已。

又是一个周日的清晨，从教堂里传来的唱诗声，伴着鸟语花香和清新的空气飘进来，使这在春寒料峭中尚觉寒冷的房间变得暖意融融，有爱和这世间美好的一切。

导　游

旅行离不开导游，导游很重要。当面对一处胜景、一个陌生的国度或城市，若有一个好的导游在身边，会觉得踏实许多，听他们把那风景名胜、历史文化、传说故事娓娓道来，便可以从中了解很多，开眼界长知识。

尽管旅行离不开导游，尽管导游很重要，然而要找到一位好的导游又是十分困难，在很多地方，导游为着利益的驱动成了导购，把个旅游团变成了采购团，把好端端的游客逼着去逛商店、下饭馆，风景名胜都被抛在脑后，这还算好。更有甚者，强买强卖搞得游客怨气冲天，又无可奈何，日程、行程在人家手里，让你去哪儿你就去哪儿，让你干什么你就得干什么，反正开车是有点的，过时不候！这就难怪旅游投诉名列消费投诉前茅，成为热点话题了。

鼓浪屿也有导游，一上岛就可见一字排开的、穿着统一服装的导游团队在那里恭候，她们都很年轻，招徕顾客也很热情，持证上岗、明码实价童叟无欺。由她们带着你，在岛上走一圈，听她们讲讲、看看，的确挺有意思，毕竟受过训练，加之每天都在这岛上转，讲解起来也就得心应手，只是因收费不高，时间就有限定，往往就会使游客有意犹未尽之感。

除这支"正规部队"外，还有"野导"，虽在被取缔之列，却是屡禁不止。"野导"不在明处在暗处，招揽生意的手段就像是个"跟屁虫"，磨到人心烦意乱，磨到你自登岛之时起就有一种好不自在的感觉：那边明明有很好的景点，她偏说再往前走就什么也没有了；那边明明是死路一条，却忙不停指点着"往那边去"，反正你若不雇用，就没你的好儿！若不理睬，身后就会传来几句很不中听的闽南话，虽听不懂，却可知是在骂人，骂你是个笨蛋不识好歹。这些"野导"多是本地的中年妇女，家中无事，找工作又不容易，就出来混个导游干干，跟她们聊起来，听听她们的生活状况，也觉得她们很难，活得不容易，又会产生一点儿同情，但同情归同情，刹风景的她们，仍是这美丽风景区的一道并不亮丽的风景。

再有就是来自全国各地的随团导游，信口开河乱说一通，是他们最大的特点。毛病出在只知其一不知其二，道听途说的多，真材实料少。细听他们的讲解，一百个人可以对同一处景点有一百种说法，让我这只在鼓浪屿住了5年的人都哭笑不得。他们的通病在于知识的匮乏："因为当年这里住着许多美国人，而美国人不信佛教，所以就建了许多教堂"……大概在他们的知识里，外国人就是美国人，美国人就是教徒！"第二次世界大战，这里成了租界，许多国家的领事馆都设在鼓浪屿"……，这时差也差得太远了点儿！"这里是××学院，巩俐、章子怡都是这儿毕业的"……虽扩大了这个学院的名气，却是驴唇不对马嘴！诸如此类不胜枚举。幸亏游客忙着拍照，忙着聊天赶路，并没把他们的话当真听，但想想若他们带的是个青少年团队，岂不是会误人子弟?!

近传来香港正在打击某些旅行社和导游的不规范行为，可见发达城市、甚至发达国家的导游也有此类通病，并非鼓浪屿的专利。"驴友"的盛行，大概正是因为参加旅行团弊病太多，我的一位好友就把旅游团形容为"驴游团"，说像是驴子被赶着走那样，把原本非常有趣的旅行，变成了赶路、购物，如此旅游想想挺可怕。

导游其实也是门学问，或不要求他们上知天文下知地理，但他们的知识层次和知识结构本该是很高的，无奈现如今从事这个职业的大多是由初中毕业生，甚至小学文化程度的人来做。其实，这也不该成为问题，知识不够可以学习，关键要看肯不肯学，要不要学。看一位从事多年导游工作，名为"太师"的网友是如何给导游定位的吧："导游更是门科学，正因为导游是种职业，是种形象，是门技术，是门艺术；是种素质，是种能力，是种风格，所以它也是种学问，也是门学科。既是学科就要用科学的态度去对待它，研究它。"

　　所谓行行出状元，而状元并非人人当得，导游如此，每个行当都如此，其中最重要的大概莫过于"学习"了。

做不成的生意

若说在鼓浪屿的生意非常难做，大概不会有人相信，这个仅 1.8 平方公里的小岛，每年却要接待上千万的游客，生意还会成问题吗？却不尽然。

也许正是因为有这上千万游客，所以岛上的东西特贵，但若问其缘由，便都推在过海运输的费用上，其实这只是原因之一，"宰客"之嫌是无论如何不能排除的，水果摊上的各类水果的价格贵过香港，同是一箱牛奶，价格高出超市 10 元之多！大小不一的海鲜餐厅就更甚，一个"时价"，全凭老板一张嘴，无据可查。

因为贵，就失去了最根本的主顾——本岛居民，我说这鼓浪屿居民对岛上的商家是"刀枪不入"，虽是玩笑却不过分。反正家家都有在厦门工作的人，食品、家用都在厦门采购，岛上的商家甭想从他们那儿赚钱。2002 年初到岛上，尚有一间小小的超市，东西虽不多不全，但很方便，没想到不久就关门大吉，问其缘由，答曰没有买卖！就这么着，时常可见临街的店铺像走马灯似的更换店主，刚看见大张其鼓的装修、开业，没几天便贴上了"招租"的广告，于是拆了再装，装了再拆，来回折腾。前不久看到一间咖啡厅开张，走进去看看，一杯"破"咖啡，就要你 40 多元，那服务生还上赶着问"要不要喝一杯"，心说了：你饶了我吧，去"星巴克"坐坐比你还要便宜！从此每天路过都会张望一下，偌大个地方，空空如野，不关门你说等什么？还有更好玩儿的，那天突然看到繁华的龙头路商业街上开了一间"成人用品商店"，好大的招牌，好大的字，从门口路过觉得怪怪的，与美名远扬的鼓浪屿格格不入不说，更不知投资者是怎么想的，为游客服务？除非游客疯了！为本岛居民方便？更是无稽之谈！注定它得关门，果然不错。随后就想：此类商店怎么能批准开在鼓浪屿呢？！

价格之外，便是服务质量了。眼下用工紧张，甭说这小店铺了，就是大企业、大公司想找工人都难，小店铺只得求其次，讲究服务态度和质量也就变成了一句空话。他们只管站在店铺的外面吆喝、追着游客讨价还价，但若细问茶叶的质量、品级，不同海鲜的特色……只有大眼瞪小眼的份儿。

这说的是生意难做。

再说生意好做吧。每年的3个黄金周，是鼓浪屿最热闹的时候，游客之多，大有要把这小岛压沉之势，搞得本岛居民想出岛都难，看轮渡码头排成长龙的队，也就打消了出岛的念头，打道回府，在家里闷着。

那黄金周的7天，全岛居民可谓人自为战、家自为战，煮点儿老玉米卖钱，包点儿韭菜馅饼也卖钱，更甭说卖鱼丸、海产小工艺品什么的了，把个好好的风景区，变成了一个大卖场，着实有点儿刹风景。怪就怪在无论是黄金周还是平日，一家一户的小商小贩尽管什么手续都没有，把所谓台湾来的香烟、禁用的打火机什么的都摆在光天化日之下，"工商"、"城管"却熟视无睹，也是怪事儿。大概是为着街里街坊的缘故，抬头不见低头见的。除了各自为战的小商贩之外，各路餐厅、茶叶店、海鲜干货店，可趁着黄金周大捞一把，老板们各个喜笑颜开。不似"非典"猖獗的2003年，那时鼓浪屿空无一人，本岛居民和我们就尽情享受享受那世外桃源般的安静与美好，唯独苦了生意人。好在SARS来无踪去无影，果子狸、野生保护动物照吃不误，人的忘性真大！也好，否则太多的痛苦会留在心底。

说了半天，不知说了点儿什么。但总是觉得在这个国家A级风景区里，各类生意本不该如此，这个小岛是有历史、有文化的，但商家却不管这些；于是也就失去了鼓浪屿应有的特色，老鼓浪屿人在抱怨，市政府也着急，做了不少的尝试，效果不大。想来想去，还是少了

"特色"。

　　千万别说我是杞人忧天吧，尽管只在这里生活了 7 年，然而我却深深地爱着这个如诗如画的小岛。

匆 匆

——告别鼓浪屿

　　鸟鸣唱醒甜梦，海涛伴我入眠，月光拖着我的身影，浓绿飘着我 的琴声；小巷深深，榕树枝繁，春雨细润，花开无声……

　　7 年，我，融入你；你，留在我的心中。

　　一切是那么熟悉亲切，然而当我要对你说再见的时候，仿佛刚才相识，显得那么陌生。

　　只因来去的匆匆。

　　好一个匆匆！匆匆来，又匆匆的去，人生尚且弹指一挥，更何况 7 年的匆匆。

　　匆匆中我品味着繁忙中的宁静；匆匆中我咀嚼着寂寞中的温馨；匆匆走过 7 年，匆匆品味人生。

　　匆匆中结识新朋友；匆匆中体现着自我的人生；匆匆看着身边的孩子们长大，匆匆迎送着一批又一批的学生。

　　匆匆中不觉老去，匆匆中显得年轻；匆匆把爱留在每一个角落，匆匆把思念挂在心中。

　　好一个匆匆！匆匆来，又匆匆的去，却不似流星一瞬，尽管是 7 年的匆匆。

　　匆匆中需要充实、坚定；匆匆中应有梦想与追求，匆匆中需要磊落和海一般宽广的心胸。

　　于是，匆匆便不再匆匆，短暂会长久，瞬间变永恒。

　　别了鼓浪屿，别了天涯海角的绿洲；

　　别了我的鸟语花香、古老榕树；别了我的绿叶青葱。

　　别了，请原谅我的匆匆；

　　别了，请记住我的匆匆；

跟着杂伴儿

别了，蜗居的每一个角落；

别了，朝霞与黄昏。

好一个匆匆！匆匆来，又匆匆的去，然而我爱这每一次的匆匆。

把匆匆留给我，把匆匆留给你，只盼你也有一个充实美好的匆匆。

……

2002 年—2010 年于鼓浪屿

第一辑 鼓浪撷景

跟
着
杂
伴
儿

第二辑
香港闲居随笔

跟着杂伴儿

香港闲居随笔

2010 年 2 月 27 日辞去任职离开厦门，长居香港与爱妻裴团聚。抛开一切烦恼和那些着不完的急，开始闲散人的闲散生活，自是另一番情景：惬意且舒畅，二人世界自有二人世界的乐趣，不待细说。

想到仍是该写下点儿什么，就有了随笔。将平日里看到、听到、想到的记下来，一是当做消遣，二是可以给朋友们看，也可知我是怎么个活法儿。

既是随笔，就是想到哪儿写到哪儿，不拘一格，就像我的生活一样无拘无束。

狗狗住狗房（一）

到香港定居，首先想到的是狗狗，跟了我们 12 年，特别是后面这 7 年多的时间在鼓浪屿，一人一狗，它不离不弃，忠诚陪伴着我。把它扔掉显然不可能，也绝不是我的作风。托好朋友们管，未尝不可，有爱狗的褚震、晓丽、小付、媛媛、南鹭……但大家平日上班都很忙，多个狗狗就会多许多事情，也是不行。想来想去下决心把它带到香港，便着手两地的各种手续，均按条文办好，不敢有丝毫怠慢。总算一切顺利，27 日随我一道进入香港。故事也就从这儿开始了。

在机场有香港检疫局的工作人员接应，带到机场办公室填一系列的表格，签无数的字之后，带去植锌片、打狂犬疫苗、办香港的"身份证"，等一应手续完毕之后，要我交港币 80 元。问："之后还有什么费用？"，答："没了"。问："狗证办理呢？"，答："办好了。共计 80 元包括打针和植入锌片。"！！！！

在厦门为了出关顺利，也给狗狗办了证件，植了锌片，跑了多趟不说，收费 800 元，是香港的 10 倍！但想想内地与香港工资的差距呢，那又该是多少倍？我是算不明白了。

手续办妥，由工作人员陪同搭的士到位于香港薄扶林道的"政府狗房"开始为期 4 个月（120 天！）的检疫，它的禁闭生活开始了。此前为这 120 天，着实让我们好是犯愁，愁这 12 年的老狗能否顶过这一关，等到了"政府狗房"才知这顾虑是多余又多余的！

一排狗房，10 多只狗，每人（狗）一间，前面住人（狗），后面有小院供玩耍、方便，通后院的小门可以起落，说是怕下雨会湿到房间。走出狗房，有两个小花园，供主人和狗狗玩耍嬉戏，上下午各有两小时探望的时间。每间门上都有一个标明注意事项的牌子，能吃什么不能吃什么，每天要吃几餐等等，清清楚楚。那天我们随便说了一句我家狗狗不太能吃罐头食品会泻肚，哪儿想到第二天人家就在记事板上标了个明白！

接待我们的工作人员热情周到，在介绍情况的过程中也讲了要求和注意事项，合情合理。此后，每天下午去看看狗狗，这才知道工作人员每天要把它睡的毛巾被拿出去晾晒，原准备了两条毛巾打算换着带回家洗，其实人家早就给洗得干干净净了。难怪，偌大一个狗房，一点儿狗的气味都没有。

27 日至今一周的时间，每天进出"政府狗房"，时时感受到的是人性的关怀和规范的职业道德。干什么吆喝什么，做什么像什么，这就是香港人，这就是香港人的工作态度和职业精神。难怪香港这么一个弹丸之地能如此迅猛的崛起、发展，人是第一位的！

从狗想到人，从人说到狗，我家狗狗是幸福的——在香港，不知内地是否有类似的检疫部门，不知那里的狗狗们遭受着何等待遇，反正我相信绝不会像香港这么人性化。

狗狗住狗房（二）

说到暖气和音乐，一定会想到与人有关，错！

从昨天开始，气温骤然从 20 几度降到 9 度，晚上听窗外的大风心想这下糟了，狗狗只不定多冷呢，就想明天一定要带上狗狗的衣服给它穿上。

第二天赶到狗房，只见两面的铁门紧闭，推开门进到狗房，立刻感觉到一股暖意，管理员告诉我暖气全天都要开，否则狗儿们会太冷，而夏天热的时候，狗房对面墙上那一排风扇也都会打开，要保证狗儿们有足够的凉爽。等狗儿们安静下来，又听到非常舒缓的音乐声（平日都没太留意），问管理员"还有音乐"，答"是了，24 小时都播放着，狗仔听到音乐会安静，也舒服点"。话音里充满着对动物的爱。

我唯有愕然。

看来 120 天的检疫生活，狗狗是可以安度了。这两周每天都去看它，从下周开始可以略略把时间拉开些，有如此周到的服务，所有的担心都可以释然。

狗儿需要温暖、音乐，我们自必不可少，只希望人与人之间能更多些温暖和关怀，更多些爱——对每一个人和所有的动物，对我们这个世界。

狗狗住狗房（三）

香港政府狗房提供狗粮，第一天就按那里的规矩办，但第二天管理员告诉我们，他们提供的狗粮对狗狗来说似乎颗粒大了些，吃起来有点儿费劲，我们便决定换回它在内地吃的那个"宝路牌"。与内地一样，这个品牌的狗粮只有超市有卖，便买好带过去。这本没什么可说，也没啥奇怪的。但待我们打开包装之后，便发现品牌相同，"内容"却完全不同——无论是形状、颜色还是质量。

这是怎么了？香港人的生活与内地本有着很大的差别，但怎么连香港的狗也享受着不同于内地的待遇？这么说，不是没缘由的：

金银饰品的价格远远低于内地、花色品种、质量与内地完全不同；化妆品琳琅满目不说，价格与质量大可让人放心的；家用电器有着可靠的质量保障和售后服务；事情无论大小都有法可依有据可查；医药有着严格的准入和检查制度，许多可以在内地上市的药品，就是不能进入香港市场；就连洗漱用品的质量也远远好于内地……这就难怪很多朋友来香港一趟，就要带许多洗漱用品回去，大到洗浴液，小到牙膏。这真的不是多余之举，此前我也试过用香港和内地的牙膏什么的，质量就是不一样，没什么可说的。

真的是咱们内地人就低香港人一等？或说是真的香港人的生活标准就比内地人高？其实不然。依我看，关键还是内地的管理与质量检验的标准与尺度。例如食品检验，牛奶都能有毒，那检查部门在干什么呢？这就难怪香港的市场见不到内地的任何奶制品——人家不信任你！例如药品的准入标准，药都能造假——谁还敢让你生产的药进入市场！诸如此类，等等、等等。怪谁呢？要怪就怪咱们自己不争气吧，要怪就怪那些拿着纳税人的钱而不干事儿的公务员吧！我常说一句话："中国内地的公务员太好当，太舒服"，这也是实情，无所作为对他们来说，就是最好的作为，因为既然什么都不做，自然也就不会出错儿，"无为既有所为"这大概就是中国内地公务员办事的原则和公式，什么都不管，就不烦、不累、不操心、不上火，功夫茶一杯，报纸一张，爽啊！

　　说的是狗粮，却又引出许多牢骚，不该不该，但说都说了，也就由它啦。

狗狗住狗房（四）

接香港政府有关部门的通知，狗狗在政府狗房为期4个月的检疫将结束，2010年6月26日准予放行回家。

狗狗回家，我到香港也整整4个月。这4个月的生活可概括为：充实、快乐，舒适、幸福。4个月，在做好"后勤部长"本职工作的前提下，完成了散文集《鼓浪撷景》的初校，《香港闲居随笔》也写了近40篇并整理了旧作（拟收入一个散文集中）；重温、浏览了大量的钢琴作品；看电影听音乐会，游泳、散步、花前月下……无论写作还是练琴，都需要平静的心态、充足的时间，这些在厦门想做而想不成的事，现在如愿以偿。

狗狗一定搞不明白，怎么又是乘船又是乘飞机，随后把它放到一个陌生的地方关了起来，尽管每次见它都要倒数时间给它听，告诉它不久就可以回家了，但相信"回家"是怎么回事儿它也不太明白。而等回到家之后，一切又都是新鲜而陌生，不见了鼓浪屿的小巷和街上的猫儿，不见了褚震、傅朝晨家的"楚楚"和"兔子"，不见了它睡惯的藤椅和木沙发……但不管怎样，它可以明白的是：依旧与我们在一起，我们依旧爱着它。

4个月，我坚持着每天去看它（后一个月为隔日），每次它见到我的时候，那股子高兴和兴奋的劲头儿，就可知尽管它不喜欢也不习惯住在狗房，但知道我们没有抛弃它，有我们陪着它度过这最艰苦的时光。4个月与它陪伴我在厦门度过7年半相比，实在太短暂，7年半它与我相依相伴，不弃不离。在去看它的路上，我总会想起它小时候的样子，想起我们在鼓浪屿的时光，想起在厦门有那么多关爱它的人……在它带给我们快乐的同时，也带给我们许许多多美好的回忆。这是一份弥足珍贵的友谊——在人、狗之间。

为支付政府狗房的费用以及4个月交通费，开支很大，但值得。因为，忠诚、友谊和爱本不是金钱可以衡量，也不是金钱可以收买的。由此想到，狗的忠诚可为人的榜样，在它们的眼里没有贫贱富贵，它们的忠诚不以物质为基础，不以利益为交换，不以金钱为前提，它们只需要爱。我们呢？想想惭愧。

狗狗回家了，我们好开心，狗狗好开心。尽管环境变换，一切都是陌生的，但在这个家里，有温暖有爱，对它，对我，有这些就足够足够了。

摔跤之后

那天不小心摔了一跤。得从为什么会摔跤说起。

从车站走到家本是很近的路，也不该摔跤。那条路平整却有些窄小，有时人多，就会有人沿着旁边的土地走一走。其实，那本是一片绿地，只是草长得不好，只爬着一些褐色的干枯草根。摔跤那天，我也是见前面人多，便走了那土路。就不知被什么绊了一下，重重的面朝下摔倒，摔得很重很重，额头、鼻子、膝盖都被擦破流血，眼镜片也被擦花。想当时趴在地上的样子一定非常狼狈，痛到久久无力爬起来，还是靠一位工人搀扶才站起来，一步步捱到家家中。第一件事当然是处理受伤的地方，并没想到投诉，因为毕竟那是绿地的范围，我走那里本是不该的。唯一想到的就是第二天得赶快去配眼镜片，否则就成了瞎子。

第二天去看那摔跤的地方，原来裸露着一条与草根完全相同颜色的钢筋，难怪摔得那么厉害了。

事隔一日恰好在楼下看到几位物业管理的高层，便立刻想到要告诉他们那条钢筋绊倒了我，也还有可能拌倒其他人。大概讲述了一下事情的经过，那位非常年轻的先生立刻问我可不可以带他去看那出事地点。看后答复马上处理，并问可不可以占用我几分钟的时间，拿出手掌电脑，询问我的姓名、住址、电话、年龄，并依依记下。

事情到此本该结束了，却还没完。

3分钟以后，我在楼上看到那地方摆放了一个红色的警示标志，10分钟左右看到有工人在那里处理，等我再下楼看，钢筋已不见了踪影。紧接着的一天之内，我接到了三通来自物业不同管理层人士的电话，询问伤情、再了解摔跤时更详尽的情况、道歉，并说会继续跟进此事，与保险公司联系索赔的事。

这一系列的举措是我万万没想到的！摔跤是因为我"违章"，但随后的处理首先想到的却是人！保险公司是否有赔偿不是我期待的，但那详尽的调查，亲切的问候，负责任的态度却使我无法忘怀，这些天脑子里总是想着这件事，就觉得一定要把这"事件"写下来。

前几篇写狗，这篇写人。无论人还是狗的故事，读者都会明白我想说的是什么。其实这种人性化的管理对于一位管理者来说，并不需要费太多的气力，但能否想到、能否身体力行就是另一回事儿了。就拿我摔跤这事儿说，如果换了是在内地，相互推托责任是一定的，把"人"放在脑后也是一定的，这绝不是武断，此类的推托我们经历得还少吗？

时常会有人问我住在香港的感受，很难一言而尽，但我首先会提到香港整体社会的管理——科学的、和谐的、有章可循、有法可依的、极其人性化的管理，这一切没有惊天动地，只体现在细节、小处，体现在不知不觉中。所以有朋友来香港玩，我交待的第一件事就是让他们注意观察香港的细节，正是这许许多多看似不起眼的细节组成了一个社会。我们呢？大哄大嚷太多，却永远忽视细节。真正的和谐需要细节而不需要标语口号和大喊大叫！

买台 YAMAHA 玩

　　说是买台钢琴玩儿，并非真的只是玩玩，说的是一种心态——闲静、快乐的心态。

　　到香港后就张罗着买琴，这弹了一辈子琴的人，家里没台钢琴总觉得别扭。跑了多家琴行，了解一下琴市的价格，还真的不是很贵。本来看中了一台 7 尺的 YAMAHA 三角琴，家里的地方也足够摆放，但想来想去，还是决定买一台立式的，想给家里原客厅多留点儿空间，也想到将来再搬家也可省点儿事。这三角琴买的时候人家管送管安装，但等要搬家的时候，就得另花不少钱了。更何况，我又不会整天在家里开演奏会，立式琴就更显实惠一些（不是价格上的实惠）。几经转悠，看中了一台大的立式 YAMAHA，就立刻买了下来。两天后家中便可有琴弹了，开心之极！

　　7 年半在厦门，整天忙着工作，自己的正业荒废了不少，除非为老师和学生们弹弹伴奏或与老师合作双钢琴的任务，才有可能逼着自己练琴，否则一天到晚回到家，人已经累得不想动，练琴就成了一种奢望。想想真是不太值当，"为他人做嫁衣裳"说好听了是奉献，但自己的损失惨重又有谁知呢？

　　这回好了，闲居香港，可以与夫人团聚不说（不是不说，待慢慢儿的说），散步、看狗狗、做饭、购物、写文章、弹琴……哇！好丰富多彩的！谁又说不是呢！

　　说是"闲居"，但不能"饱食终日无所用心"，"闲"也得闲出个样子来，写文章、练琴都属于"闲"的一部分，这样生活才能有滋有味儿，才能更加丰富。人是闲了，但身不能闲、脑不能闲、手不能闲，否则患上了早早老年痴呆就成了麻烦，所以时刻不敢有一丝松懈怠慢，这是对自己负责任的一种态度，也是对待生活的态度。人可以老（人人都会老），但心态不能老（这就不是人人可能做到的了），所以我闲着，但绝不会让自己真的闲着。

最近听了几首拉赫玛尼诺夫的双钢琴作品和他的一首钢琴作品《交响舞曲》，写得真是漂亮、华丽，喜欢极了。托黄健帮忙找来了双钢琴的谱子，有了琴就开练，只可惜孤掌难鸣，在香港想找个合作者可不是件容易的事儿了。这是个问题，先不管它，练了再说。

有人打听问我会不会收几个学生，等等吧，我先缓缓劲儿，等"闲"够了、歇够了再说。

跟着杂伴儿

The Last Station

在香港看电影是享受，几乎可以在第一时间看到来自世界各地最优秀的影片，自然也包括全部奥斯卡获奖和提名的影片。你可以享受电影院舒适的环境、宽大的座椅、一流的音响，还可咀嚼香甜的爆米花。当然，夏天走进电影院一定要记得带一件厚点儿的衣服，否则会被那有点儿过分冷的空调冻到半死。如果能在周二安排看场电影是最好，因为那天的电影票要比往日便宜，无论老少，50元一张（能省20多元）。

于是就选了周二看电影《最后车站》，讲述列夫·托尔斯泰晚年最后日子的一段生活，也籍此更多地了解这位伟大的文学家。

"托尔斯泰运动"的领袖，总希望按自己的意志将这位伟大的文学家树为公众心目中的神。然而当那位年轻的新任秘书走进大文豪生活后方才发现，他不是神，而是一个人。电影讲述了他最后日子与夫人的爱和那数不清的纠缠，最终逝世在一个小火车站。三位主演的表演都非常精彩，饰演托尔斯泰夫人的就是那位曾因饰演《女王》而获奥斯卡影后称号的Helen Mirren（海伦·米伦）。

人们经常会把一些伟人供奉为神，似乎非如此便不能显出伟人的伟大，其实再伟大的文学家、科学家、艺术家……都是人，而绝不会是神，这个道理本是浅显的，无奈习惯和惯性总会在我们的生活中出现"神"。看《最后车站》中的托尔斯泰，他有爱、有喜怒哀乐、有开朗也有悲伤，真的只是一个活生生的人，一个非常可爱的老人。就不由想起我的外祖父，他生前有无数个头衔，也吃尽了苦头，然而无论社会上怎样评价他、怎样传说他，在我的眼中，他始终是一个可爱的、很有学问又很懂得生活的人——一个非常非常普通的人。因此我相信：伟人的伟大该是在他的成就，而不是他那个人。

被树为"神"的人或属无奈，但还有一些自诩为"神"、为"仙"的人就可悲了，此类人自以为超脱世俗，高人一等，实在却是再普通不过的凡人，甚至是势利小人。如若这样的"神""仙"把控一方，那可就惨了。

其实做人远比当神好，神被架在半空——一定很难受。而人则脚踏实地，可以尽享七情六欲、人间美食美景，可以含蓄、可以忘情，可以高歌、可以畅饮……这才是生活，才是我们应该过的日子。

反正我不要当神仙什么的，我本一凡夫俗子是也。

CD 大牒《Love》

由三家世界最著名的音乐出版商联合出品的情歌大牒《Love》近日推出，分为 Classics 和 Jazz 两套 4 张，收录了 60 首最流行经典情歌。我选了 Classics 买来听，30 首耳熟能详的歌曲，包括："Never Say Goodbye"（Hayley Westenra）；"All I Ask of You"（Renee Fleming & Bryn Terfel）；"Mattinata"（Placido Domingo）；"Where Do I Begin"（Lesley Garrett）；Lascia Ch'io Pianga（Sissel）；il Canto（Luciano Pavarotti）；"Somewhere"（Russell Watson）……用那个音响效果非常好的手机耳麦，可听到每一个细部，甚至每一个呼吸，那绝对是一种完美的享受。听这些世界级巨星的演唱，你无法不被他们的演唱感动，那不仅仅是一首首情歌，而是他们用生命演绎爱情，那种投入、那种激动，那种在演唱中迸发出的激情，使我激动不已。

不由得想起我们有些所谓的歌星、大腕儿，你只会觉得他们的演唱，实际是对神圣音乐的亵渎，是对虔诚听众的侮辱，无奈他们自己并不觉得，且沾沾自喜、不可一世，这才是最可悲的。

不由得想起张娜、郭钢、京燕、褚震……尽管他们不是歌星大腕儿，但在我的心里他们是很棒的，为着他们那份执著、投入和热情。自然，他们无法与 Andrea Bocelli、Katherine Jenkins 相提并论，但他们与我们那些"歌星"相比，少了矫揉造作、少了狂妄自大，多了真诚和朴实，因此他（她）们的歌声依旧动人，依旧被我怀念。这么说或许是我偏心，但却无奈，因为我有太多的爱、太多的挂牵在他们身上。永远保持这份难得的真诚吧，那么，你们将永远是最美好的。

If I could take this moment forever

Turn the pages of my mind

To another place and time

We would never say goodbye……

换电视机的连锁反应

凡来我家的朋友对家中的布置和 taste 都很满意，其实这也是我们的一贯风格——不讲奢华，只图舒适；不讲排场，只追求家庭的温馨。但朋友们又都有一个统一的意见：电视机太小，与偌大的房子不匹配。尽管如此，也并没介意，理由是：平时哪里有时间整天看电视，偶尔一用，又何必管它大小。但不行，朋友们不断提醒，不断提意见，也只好考虑换电视的事儿了。

买台电视机并不难，但品牌太多、尺寸各异，选择起来颇费时间。好在时间大把，也就有一搭无一搭地物色着，原则自然是既要美观大方的新产品，又要价格合理别贵的没边儿。最终选择了超薄47吋的SANSUNG。

新电视机来了，自然非常 suit 我们的房间，远距离看那画面和字幕也都较此前清晰了很多，这正应了那句俗话："没有花钱的不是"。但接着又来了问题：旧的电视放哪儿？扔了吧有点儿可惜，也过于浪费，摆在卧室里是唯一选择，却实在也是多余，因为睡觉的地方就是睡觉，若睡觉还要看电视，就甭睡觉了。且来装电视的工人说我家原用的 DVD 机与这台新电视不配套，会影响视觉效果，建议我们换一台新的更高级的 DVD 机。开始觉得他的话有点儿道理，但细想不能随便说换就换，因为等换了 DVD 机后，原有的音响又会出现问题……想来想去，决定不再做其它的更换，还是那个原因：平时哪里有时间看 DVD 呢？有一个随便看看也就行了。

你看，换了台电视，就引发了系列的连锁反应，这就好像家里装修，动了这儿，那儿就得跟着动，改了此处，彼处也就得随着改。若换了电视，跟着就换 DVD，再换音响，马上就会有如何走各种连接线的问题，说不定又会牵涉到一些装修上的事儿，花钱是一方面，麻烦才是真的！"一动不如一静"，这话才真的是有道理。

任何事情都有一个连锁反应，小到换一台电视，大到一个决策一个政策的出台。不能顾此失彼，又不能因噎废食，所以依我看事情还得自己决定，不能光听人家的。我这儿只是听了朋友的话换了台电视，所引起的连锁反应也没多大，但若事关决策，却只因"人云亦云"，搞不好就会坏了大事儿。

所以——大主意还得自己拿。然否？

跟着杂伴儿

清明时节雨

又是一个清明节，每到此时总会想起那首与清明节有关的诗：

清明时节雨纷纷，

路上行人欲断魂。

借问酒家何处有，

牧童遥指杏花村。

这首诗还有另一种断句，也很有意思：

清明时节雨，

纷纷路上行人，欲断魂。

借问酒家何处？

有牧童遥指，杏花村。

这个断句，将原来用于形容雨的"纷纷"，移去形容路上的行人；把那个"有"字，给了"牧童"，成为"有一个牧童"，也因此"借问酒家何处"就变成了问句，需要加"？"了。但不管怎样，仍是很通顺，也有了些新的意思在里面。

中国的语言实在是很深奥复杂，象形文字带给中国语言无穷无尽的想象力。"一字多音"、"一字多意"、"同音不同意"等等，变化无穷。加之数不清的地方方言，中国的语言便成了一种文化，这是其他语种所不具备的。

然而，简体字的出现，大大破坏了象形字应有的规格、魅力和其中的学问。最典型的莫过于"爱"字，繁体字本是有一个"心"在里面（愛），简化之后，这"爱"没了"心"，无心又哪儿来爱呢？又如："开"字，繁体是有"门"的（開），这一简化没了"门"，又从何"开"起呢？诸如此类就有很多很多了。

各地的方言除了当地人之外，外来者或根本无法了解他们自身语言的奥妙和有趣之处。香港地处广东，但与一步之遥的广州说的粤语便有很大的不同。最要命的是他们自己造了很多字，或是把我们平时很少用的字（也不知道怎么用的字）也用在平日的语言中。最有意思的莫过于"嬲"字（读 lou 平声），解为"恼"，可以说"我好嬲"，或"我嬲你"等等。再看这个"嬲"字本身就很有意思，两个男中间有一个女，你说那还能不"嬲"吗？香港的广东话，还有很多来自英语，这当然与它被英国人统治 100 年有直接的关系。"草莓"——"士多卑利"，取音自"strawberry"；"小商店"——"士多店"，取音自"store"；"烤面包"——"吐司"，取音自"toast"（烤）；我们说"你先走"，这边说"你行先"（you go first），完全是英语的句法结构。诸如此类，你说外来人能懂得了吗？

清明时节无雨，享受公众假期的纷纷路上行人少见"欲断魂"者，大家尽情享受着难得的假期，都很快乐。人最大的优点就是"会忘记"，我们都经历过失去亲人的痛苦，我们的亲人也会为我们的逝去而痛苦，然而这所有的痛苦都会随着时间的推移而淡薄，留下的唯有在心中那份永久的记忆。如若人把人生经历过的所有痛苦都记着，并每天每时被那些痛苦折磨着，这日子大概一天也没法儿过了。

清明时节无雨，更远离那令人神往的"杏花村"，牧童更是不见了踪影，那份意境只有在诗词里找寻了。我们且享受现代化的生活吧，喝法国红酒？威士忌？还是二锅头？但无论哪种，都不会好喝过在"欲断魂"时所品尝到的"杏花村"了。

香港游乐会的晚餐

朋友邀在位于铜锣湾的"香港游乐会"晚餐，也是第一次听说有这么个会所，欣然应允。会所很大，仅网球场就有40多，游泳池、羽毛球场、乒乓球室、中西餐厅……一应俱全。那晚正值周末，餐厅近乎满座，多是家庭聚会，且席间有许多年事很高的长者。听朋友说这些老人都有几十年会龄，来这里坐坐会有一种怀旧感。起初还不以为然，心想不就是一个会所吗？我错了。

"香港游乐会"始建于1910年，至今已有90年的历史。历史悠长还不足为奇，更值得一提的是，这个会所从建会之初便有一明确的条文：外国人没有资格入会！这在1910年中国正遭受洋人凌辱的时代，无疑是一个非常之举。此举也是有缘由的：当年也是在铜锣湾附近洋人建了一个会所，那会所"中国人与狗不准入内"，于是以何启爵士（1858—1914）为首的一批有识之士开始了"中华游乐会"的筹建工作，以外国人不准入会鲜明的条款，展示中国人的抗议和骨气。到1912年他们得到了香港政府的拨地，一个永远的会所在不久之后建成。几经修缮扩建，现在的"香港游乐会"已颇具规模，但仍保持着传统的经营模式，仍坚持着只准中国人入会的原则，往日风俗保存完好。这就难怪有那么多七八十岁的老人坐在那里，他们是会所创建、发展的见证人，当他们坐在那里享用美食，与家人欢聚的时候，所感受到的那种快乐与自豪，定与我们不同，在他们的心中有一份永久的自豪，一份作为中国人的骄傲。

人的一生可以失去很多，但不能失去尊严。1981 年我初次到香港，住了近一年，就在要拿到香港永久居民身份时，我决定离开回到北京。在那个人们蜂拥香港，甚至不惜以生命偷渡的年代，我的这一举动为大多数人不解，至今仍会有人回忆说当年的韦奈左得很、爱国得很。其实，这与左、右毫无关系。20 世纪七八十年代的香港，是英国人、"老外"的天下，使用的第一语言是英语，其次才是粤语，若讲普通话时时处处便会受到歧视，甚至买东西的价格也会无缘无故上涨。若看你穿戴整齐，尚有点儿风度，就会有人问：你是台湾人吧？再去看看"香港入境事务处"外面，那从凌晨便排起的几百米等候换取一张永久居民身份证的长龙，时时处处你会感觉到一种失去作为一个中国人尊严的屈辱，那屈辱分分钟折磨着我，心情之压抑至今想起来仍会有所感觉。当尊严受到欺辱时，便会产生厌恶，于是我选择了离开。这种心境，非身临其境是无法感受到的，说也说不明白。

"九七"之前的几年，香港人怀着对"回归"的不安，纷纷移民海外，但没几年又都回到了香港。毕竟这里是华人的天下，有自己熟悉的生活环境、语言和亲朋好友，它乡虽好，故土却是难离。

时过境迁，现如今你在香港，可以堂堂正正地讲普通话，可以大把大把地甩人民币，理直气壮当个中国人。看看地铁报站的变化吧："九七"之前，报站的语言顺序是：英语、粤语，"九七"之后是：粤语、英语、普通话，而最近这个顺序又有了微细的变化：粤语、普通话、英语。这的确是小事一桩，但小小的变化足以说明我想说的，其实真的不在乎语言排前还是排后，但若由此引深到"尊严"，这变化就显得重要了（该不会又说我"真左"吧?!）。

我有许多外国朋友，在我的身上有许多外国人的作风和生活习惯，我喜爱西洋古典音乐、喜爱他们的文学艺术作品，但这一切均不失尊严。1/2 的外国血统，并未影响到我对中华民族的热爱，这与"左"

"右"无关。

　　没说在"香港中华游乐会"的晚餐，却说了一堆闲话。当然，那晚我们吃得很好。

跟着杂伴儿

不睡午觉

无论是在北京还是厦门，无论工作多忙，总有个睡午觉的习惯，哪怕是 10 来 20 分钟，总是要睡的。

到香港月余，好像从未睡过午觉，且晚上睡得也要比在厦门迟许多，也没觉得怎样，这或可称"入乡随俗"吧。因为，香港人是从不睡午觉的，想睡也没得睡。上班族从早忙到晚，中午 1 小时吃饭时间，也是匆匆忙忙，囫囵吞枣，睡午觉的事儿大概想都没想过。这是一个繁忙的、竞争激烈的社会，容不得你有半点马虎、容不得你偷懒，所以才会有"香港人一世做两世工"的说法，是实情。你只需看看大街上人们走路的节奏便可知这里与内地的不同，尤其是与中小城市的不同。不由又想到"功夫茶"，这茶好喝是毋庸置疑的，但既为"功夫茶"首先就得有"工夫"，没有足够的时间，哪儿能细细品味那茶的美妙？估计香港人是没工夫去喝"功夫茶"了。

或许是受这样一种节奏的感染，加之我这个"闲人"又不想真闲，所以就把午觉给免了，免的也很自然，并无不适之感。有时，早晨是有足够时间去睡个懒觉的，但我仍是按夫人裴上班的点儿随着起床，共同早餐之后，送她出门，然后做自己的事儿，有时真的想在床上多赖一会儿，但觉得不行，长此以往就会养成睡懒觉的坏习惯，生活安逸、舒适了，但人不能懒，许多时间之所以被耽误，许多事情之所以被拖延，就是一个"懒"字给害的，所以我坚持不允许自己懒下来。

这样，一天下来，到快睡觉时就会觉得真有点儿累，但累得充实、快乐，此所谓"累有所值"，其实也不是真累，比起在厦门那 7 年半，现在的生活可谓是天堂了，甭管怎么累，至少心不累。

　　人都有隋性，但又都有韧性，就看你是跟着惰性走，还是充分利用本身具有的韧性。懒惰是最容易的，但懒到什么时候是个头儿呢?!

跟着杂伴儿

北京遛一趟

（一）京九线

要回北京办点儿事，又不是急事，便决定坐火车。已是多年没坐过火车了，且有对"京九线"（北京至九龙）的一种好奇。这条线路于1996年9月1日通车，费时3年，是仅次于长江三峡工程的第二大工程，当年对这条线路兴建的宣传力度很大，又显然与九七香港回归有关，有"大京九"之称。却只是听说，这次可以"眼见为实"了。从香港九龙出发，近24个小时抵北京，路途停靠几个站，不开门也不能下车，这是因为有一个"出入境检查"的问题所在。

列车是T字打头，还不是现在开通的"动车组"。京九线开通之时，媒体报道天花乱坠：车厢如何先进、服务如何周到、列车员如何挑选、餐饮供应如何讲究……虽时隔多年仍记忆犹新。14年后的今天第一次体验，面目全非。除发车到站、晚间清理一次垃圾筒、买盒饭之外，全程几乎不见乘务员的踪影；开水供应也是时有时无，且需自己动手；餐车供应10个常年不变的菜，多亏我是偶一为之，若常年走这条线，这10个菜怕是吃腻到想也不敢想了！更奇怪的是，在餐车看乘务员们一袋一袋地喝牛奶，而供应给乘客的却是淡如水的奶粉，是他们替我们喝了，还是人家就该有牛奶喝，而我们只能喝奶粉就不得而知了。总之，这趟曾被吹嘘到极点的列车，不过如此。想当年刚刚开通的时候，定不是现如今这个样子。

虎头蛇尾是我们许多行业的一种习惯，新开张的饭馆去吃一定好，但过不了多久饭菜就变了味道；新开张的商店服务一定热情，久而久之便习以为常，服务业如此，政府机关的办事机构又何尝不是这样？3 天热乎劲儿一过，全凉！说到底还是管理和管理制度。

在车上与列车员随便聊几句，问跑这趟车的是否有香港车组，回答说没有，都是由广深铁路局承运。问为什么，回答说香港的人工太贵，跑不起。香港人工贵是实情，但我想的是：这个车组若由香港方面承运，一定不会是现在这个样子（去乘坐一下香港到广州香港包乘组的列车便可知）。这并不是说香港人有多么高明、多么优秀，健全的管理和管理制度使然。且凡任何一件事情，只要有章可循有法可依，就好办，怕就怕这 3 天热乎劲儿。

"京九线"的开通，把老少边穷地区的经济盘活，给沿途老百姓带去了实惠，他们的生活得到了改善，这才是根本。至于坐这趟车的我们，是否得到了应有的待遇或说是享受，那是再次要不过的事儿了。毕竟我们还是睡在软卧上"躺着说话不腰痛的人"。（其实这 24 小时的路途还真把我的腰睡痛了。）

（二）吃坏了胃

有顺口溜说："革命小酒天天醉，喝坏了党风，喝坏了胃……"我是不喝酒的，所以若是胃出了问题，定是吃的而不是喝的。几天的北京之行，就是吃坏了胃。

回北京总要见朋友，见朋友就一定要请吃饭，推辞显得不礼貌，只好视停留时间打几通电话有限制地通知朋友们我回北京了。就这么着，在北京停留 6 天，就有 6 餐等着。从下车的第一晚吃起，有赫哲族焖鱼、日本料理、西式自助餐、涮羊肉、烤鸭，但吃到第五餐北京烤鸭的时候，胃就出问题了，那是周六晚上。当晚只觉得胃一动不动变成"一整个儿"，半夜起来吐了一次，又没吐干净，周日极其难受，吃些胃药也不见效，到下午再吐，总算开始舒缓下来。于是周日的晚餐被我提前取消，接下去的两天基本饿着，吃些面包什么的恶治一下，等回到香港已经基本恢复。这是过程，不重要。

其实我吃饭一向是有节制的，用我自己的话说总是吃到七八成饱。回到北京尽管仍坚持七八成饱这个原则，但架不住天天吃！想想在厦门的7年多时间，基本以食堂的饭菜为主，被我称之为"卫生健康饭"：荤素搭配、用油适量，此种饭是绝吃不出糖尿病的。偶与同事朋友一起出去吃饭，也很少饕餮。回到香港，作为一名"后勤部长"，更是注意伙食结构的合理及营养，诸如"西芹炒百合"之类是餐桌上的常菜。多年来，我的胃已经习惯了这样的膳食结构和运动节奏，北京连天的大餐是被我吃进去了，但胃却受不住了，心说："这是咋的啦？出什么情况了？"，最后以罢工的方式表示抗议，它没错。

无论做什么事，都得有节制，这种节制不是靠他人能够约束得了的，非自觉不可。给自己划个界线，时时事事想想是否"越界"。越界定有祸水，界内则可高枕无忧。

我之所以吃坏了胃，就是因为一时高兴越了界，赖不到别人。这可真的是"吃饱了撑的"了。

（三）举着烟头没地方扔

在香港街上走，是从不乱扔垃圾的，甚至一个烟头。不仅我如此，常可见步履蹒跚的小小孩举着废弃物走到垃圾筒前，人人自觉，很少例外。

回北京几天仍如此做，不在公众场合吸烟（尽管大部分餐厅未禁烟），实在烟瘾上来了就趁走在街上吸两口，但烟头却不知扔到何处，只好捏在手里，无奈走很长的一段路都不见一个垃圾筒。北京的家距繁华的"双安商场"地带几步之遥，这繁华的街道商店鳞次栉比，人来人往，可谓应有尽有，唯独没有的就是"垃圾筒"！于是眼见的便是满街的废纸、垃圾，其脏乱程度实与这繁华不相称。这状况当然不仅限于"双安商场"一带，边远些的地方就更加不堪。

香港禁烟令始于2009年，酒吧迟一年到2010年1月全面实施。在立法讨论时，有人担心禁烟令会影响到餐饮业，特别是"茶餐厅"的生意，但立法之后，秩序井然。这与法律的背后非常人性化的管理、"禁"与"疏导"并重是分不开的。在香港，凡不能吸烟的场所（包括街心公园），都会有醒目的标识提醒"本场地全面禁烟，最高罚款可达5000元。"因此你若想吸烟，一定要先四下里环顾，看看是否有禁烟的标识。这也就使得大家都很自觉，很少有越雷池者。但在允许吸烟的区域，你又随处可见带有烟灰缸的垃圾筒，这设施在各大办公楼外面也可见。那些整日关在办公室里的人，会抽一点点时间跑下楼，匆忙吸上两口再回到办公室。所以在香港什么地方允许吸烟，并不需费事找寻，只要看是否有带烟灰缸的垃圾筒就行了。

设施完善、执法严明，"清洁香港"就不再是一句空话。看看繁忙的香港地铁，那窗明几净的清洁程度时时会让人发出赞叹，它的客流量绝不低于北京，但其整洁的程度却远胜一筹。设施提供了"文明的可能"，要提倡人人都做"文明人"，要提倡建立"文明城市"，仅靠"八荣八耻"大概不够，管理跟不上，一切都白搭！

我的"香港闲居随笔"，时时总会与内地做个比较，这又与"左"、"右"无关，与"崇洋媚外"无关。若拿香港与整个中国内地做比较，会有人说："香港只是一个城市，中国太大了"，这话是对的，那么大的一个中国，管理想要事事处处都都跟上，确实有一定的难度。但是，北京、上海、广州、深圳是一个城市，香港也是一个城市，若每一个城市的管理者都能多少向香港的管理学一点儿，城市与城市之间的差别该没那么大吧？来香港"考察"的内地官员团不少，都"考察"了些什么？又学去了些什么呢？该不会把"考察"都变成购物了吧？

有人问我这次回北京的感受，我答曰："干燥、浮躁"，干燥指天气，浮躁指大众的心态。干燥是自然现象，有点儿没辙，但浮躁呢？我们何时可以静下心来去认认真真的做点儿事哟?!

（四） 环路成了停车场

那天要去趟河北，问常开车的人几点走出三环不太堵车，回答是：没不堵的时候，除非你7点之前上了高速。7点之前?! 这也太早点儿了吧。随后他又建议说，不如中午出发，傍晚赶回来，可能会好点儿。听了他的话，12点出发，三环路仍是堵成一片，我的车始终在二挡上嘎悠，好不容易才挪上了高速路。下午不到4点就往回赶，等上了三环就知道完了！那铺天盖地的车一眼望不到头，壮观是足够了，但回到家已经累得半死。

那天周六，朋友约6：30吃饭，心想是周末得早点儿动身，出发时还不到4点，等到了吃饭的地方已经是6：45分了，原本20分钟的路，足足实实走了2个多小时！

回到香港的第二天，就收到一个朋友的短信："三环路成了停车场"，相信他一定是坐在车上没事儿干，发短信玩儿。

因久未在北京开车，如此堵车也是久违。但常开车的北京人却不以为然，他们早已习惯了，急脾气也都被折磨成了慢性子，按他们的话说是：你急也没用，慢慢耗着呗。所以有很多上班族，每天早晨宁肯早早出门，早早到办公室歇着去，也不愿被堵在路上，他们说有时候早晚就差这10来分钟，而迟到就可能会是一两个小时！

北京的环路已经修到了六环，但环环都堵，环环都不通畅。这还是采取了限号措施，否则不知会成什么样子。

　　记得90年代初我有第一部私家车，那时汽油费好像是1.60元左右，后来升到1.90元、2.10元，我就开始叫唤说这车没法儿开了，时至今日，油价已经飙升到4元多，但车越来越多，照开不误，看来还是有钱了。那年月开车，绝无堵车之说，这对喜欢开快车的我来说实在是件开心的事儿，若当年就这么个堵法儿，我大概根本就不会买车（以后若是回北京也不想再开车了）。当年在我住的小区停车真的是想停哪儿就停哪儿，现在可倒好，稍微晚点儿回家，满院子转悠也找不到个停车位，只好充分发挥熟练的泊车优势，把车塞进两棵树之间。显然，这车是没法儿开了。

　　听朋友说，北京最多的一天有500辆新车上路，若按此速度增长下去，北京所有的路大概都要变成停车场了。这购车的政策就像房价，政府总是说要控制，要出台新的政策，但仅是说说而已，经济利益驱动，车、房都是地方乃至中央财政的重要收入，更何况这两个支柱产业带动着几十个甚至上百个相关行业，所以限制的政策也只能是挂在口头上，说给老百姓听，所幸中国的老百姓老实厚道，说什么都相信。

　　从香港道路狭窄的情况与汽车拥有的比例来看，堵车应甚于北京，但却很少见到马路变成停车场的现象（唯周末过海隧道会有排长龙缓慢行驶的现象）。这之中是有道理的：在香港买车容易养车难，巨额的停车位、高昂的油价和过路费，使很多人望而却步，此其一；方便的城市交通，四通八达的地铁以及舒适凉爽的乘车环境，为人们提供了上下班和出行的方便，很自然地打消了买车的念头（很多有车的人也并不开车去上班），此其二；文明驾驶、礼让，严格按交通指示标识驾车，消除了许许多多人为造成的堵车因素，此其三；不攀比、不一窝蜂凑热闹冷静的消费观念，量入为出的良好消费习惯，减少了购车比例，此其四……如此这般，香港的马路不堵车，香港的马路不是停车场。

（五）归心似箭

在北京连去带回 8 天，实际在北京也只有 6 个晚上。见了家人和朋友，吃了不少顿饭（以至吃坏了胃），也领略了北京堵车的盛况，看到了那被烧得破烂不堪中央电视台配楼，尽管它四周被高大的广告牌围住，但仍遮挡不住它的丑陋，以及它背后的腐败。纳税人的钱白白被糟蹋，但纳税人永远不会知道真相，也甭想讨个说法。

在北京生活了大半辈子，照说无论走到哪里，最喜欢的仍当是北京，然而几次回去，都没有那种欣喜、留恋的感觉。现在的北京，已不是我儿时记忆中的样子，那些美好的记忆在日趋"现代化"的北京已不见了踪影。它没有厦门的安逸闲静、优质的空气和大规模的绿化；它没有香港成方成圆的规矩、冷静沉稳，和干什么像什么的良好职业道德。尽管北京有着大都市具有的宏大繁华以及密集的商业、文化艺术活动，但那些只是大都市千篇一律的雷同，属于北京的、令我们神往的内涵早已消失殆尽，这不能不说是遗憾。

北京一周之旅，对我来说是足够足够了，那么熟悉的地方，时时却会让我有一种无所适从的感觉，就连那住了几十年的家，也觉得不是自己的。唯一盼望的就是能早点儿回家（目前在香港的家）。或许不是北京变了？而是我变了？！或许不是北京不好，而是我目前的家不在那里？！想来想去，想不出个结果，当然"家"是最重要的，厦门再好也只是一个暂栖之地，那里不是家；北京再好，但我只是匆匆过客，也是因为家不在那里。由此可见，家是多么的重要。透过火车的车窗看到散落在山涧、河边的农舍，看到密集在铁路两旁的高楼大厦，我们或许无法想象久居在那偏远地区人们的生活，但无论怎样的艰辛、贫穷，他们之所以能够祖祖代代生活下去，定是因为那里有他们的家！有属于他们的快乐！

家，一个可以让你无拘无束、一个可以"随心所欲"的地方，那里的灯光温暖，那里的话语甜蜜，那里的生活属于你自己。于是，我归心似箭，只想着早点儿回家。

写到这儿，突然觉得我还是没把对北京的感受说清楚，于是便想到，或可把我在1983年3月5日发表在《团结报》的一篇散文《城东一隅叫卖声》附在后面，那是我记忆中的北京，是我神往的北京，当然它早已不在了，也不可能存在下去，因为社会总是要前进发展的。我的怀旧或已过时，我的牵挂或属多余，但无论如何曾有过那样一个北京，一个许许多多年轻人和我们后人永远不会知道的北京。

附：城东一隅叫卖声

台湾女作家林海音女士笔下的《城南旧事》，把旧北京描绘得那样逼真、感人，处处流露出她对家乡的深深眷恋。

我也曾一度离开北京故土，在灯红酒绿的香港逗留了数月（那是1981年的事儿）。但不知怎的，我想得最多的总是我的童年，那古老四合院和隔墙的叫卖声。

小时家住朝阳门里城脚下，老北京称之为"齐化门脸儿"。那长满蓬蒿的城门楼上，成群的乌鸦聒噪着。走出城门不远，便是一片荒郊。在这样一个城乡交界的位置上，沿街叫卖的小贩格外多。来得最早的是卖菜的，一副担子，两个浅浅的筐箩里放满了新鲜蔬菜：顶着花儿的黄瓜、又长又嫩的扁豆、像蜡制的柿子椒……"黄瓜、扁豆、辣青椒咧——"，那拖着长长尾音的叫卖声，好似把那蔬菜的水灵、鲜嫩劲儿都喊了出来。

那嘀嘀哒哒吹着一根破长号的是卖糖的。脖子上一条皮带，挂着一个小小的玻璃箱，里面一格一格摆满了冰糖子、沙板糖、牛皮糖……我和妹妹总磨着妈妈要买来吃，但常常得不到大人的许可，说是不干净，吃多了要生病的。怎么会呢？那玻璃盒子擦得多亮啊！听着远去喇叭声，失望的我们只能搬上个小板凳坐在大门道里，等着等着。

来了！听，"卖小金鱼咧……"大木盆里，养着红的、黑的、花的各式各样的小金鱼。我们蹲在盆边，总想趁老头儿不注意，伸手去抓那游来游去的小东西。他一看见就喊："别动，会把鱼捏死的。去拿个小碗，买两条去玩儿吧。"没有钱，眼巴巴看着他走远了。唉，你干吗要走呢！

过一会儿，又来了一档子。一个人手里拿着个小皮鼓，"笃、笃、笃"敲着，那是收破烂儿的，人们称为"打鼓儿的"。我们赶快躲了起来，找个角落偷看，因为听大人说过，小孩子淘气，是要被"打鼓儿的"带走的。他可真有意思，大概除小孩之外什么破烂都要。不一会儿，一根扁担的两头就挑得满满的、沉甸甸的，有时还有桌椅板凳呢！

耍猴儿的不常来，只要一听到那锣声，我们就雀跃起来。太外婆是不会拒绝我们的要求的，于是耍猴儿在院子当中表演起来。小猴子真聪明，推车、钻圈、倒立，还会自个儿穿上那件小红布衫呢。

等到"王八精"来时，就快到中午了。一个瘦瘦的老头儿，推着一辆双轮小车，手里两个锃亮的小铜碗发出清脆的"叮当"声。车上有那么多好吃的，山楂糕、酸枣面儿、关东糖……为什么他的绰号叫"王八精"不得而知。我们很少能买到他的东西吃，因为"王八精"那身衣服实在是太脏太脏了。

此外还有些杂七杂八的市声。手里拿着一叠串好的铁板，上下摆动便可发出"刷啦刷啦"声响的是磨剪子磨刀的；用一根铁棍拨动一个生了锈的音叉发出"铮铮"声，那是剃头的来了。这些都引不起我们的兴趣。到了下午，还会有一个中年人吆喝着"活秧儿的老玉米"，没有玉米的季节，就卖芸豆饼。给他一分钱，他就用一块薄木片舀出一砣煮得很烂的芸豆，放在一块布里一捏，便成了饼，然后从一个牛角制的小筒里撒些花椒盐，他用的那块布黑黑的，是芸豆染成的，还是脏，就不得而知了。

"换洋取灯、换大肥子儿"的声音，是从一个大脖子的老女人沙哑的嗓子里发出的。人们用一些破布头、旧报纸就可以换回一把火柴或皂角。

冬天的晚上是寂寞的。吃过晚饭，围着火炉坐着。耳朵却注意地听。不一会儿，便传来"萝卜赛梨，辣了换"的叫卖声。拿5分钱跑出去，电石灯的小火焰又白又亮，厚厚的一块小棉垫盖着一筐绿色的水萝卜。看他用一把锋利的弯刀像变魔术般地把皮削开，再把萝卜划成均匀的长方条，绿色的皮像叶子，红色的萝卜像一朵绽放的花，吃起来又脆又甜。这就是我们常说的"心儿里美"了。"吃萝卜喝热茶，气得大夫满街爬"，我们边唱边吃，高兴极了。北风呼呼吹着，窗纸发出"啪啦啪啦"的声响，我们孩子早早地钻进被窝，待到"硬面饽饽"那略带凄凉的叫卖声响起时，我们已经昏昏欲睡了。

时代在前进，环路、立交桥取代了破旧的城墙，高楼大厦耸立在过去的荒郊上……叫卖声早消失得无影无踪，只有在我的记忆里仍是那么清晰、亲切。它是乡音、乡情，是在任何一块土地上都寻找不到的。

1983 年旧历除夕于北京

生日感言

2010 年 5 月 4 日

今天是我的生日，没觉得怎样。只是不断收到来自北京、厦门的短信祝福，来自厦门的祝福尤其多，7 年半结识的新朋友们都还记得我，这使我感到无比的欣慰，更是要说声谢谢。

小时候最喜欢过年和过生日，那时大人说："又长大了一岁，快快长大吧"。我也很希望能快快长大，因为那样就可以知道许多大人们时常挂在嘴边的那句话："等你长大就知道了"的事情。所以盼着长大，好去知道那些长大了才能知道的事儿。

后来长大了，方才知道那些"能知道的事儿"都是与责任、义务、道德良心有关，方才知道"能知道的事儿"都是些挺累的事儿。此时过生日，就会说：长大了没什么好。

现在过生日已经淡淡的，不觉得怎样，都过了六十个生日，习以为常，司空见惯了。更何况，过一次老一年，只希望再往下过，别给身边的人带太多的累赘就很开心了。

人生短暂，且成长的路程又是个怪圈。中国的老话说："三十而立，四十而不惑，五十而知天命"，但等到你知天命的时候，人生已经走完了 3/4，年轻时走过的许许多多弯路，往往会影响到一个人一生的发展，但却又无法"二十而知天命"！所幸，我在年轻的时候"听老人言"，把妈妈及长者传授给我的人生经验记在心上，付诸实践，这样也才少走了许多弯路，也才有我的后来和今天。现如今的年轻人，过于自我，很少"听老人言"，其实到最后吃亏的还是自己。当然，"听老人言"也要有所分析和梳

第二辑 香港闲居随笔

理，照搬显然不可能，但无论如何借鉴是可以的。常说人老了就会絮絮叨叨的，我还不算太老，所以也还没到绪叨的程度，所以在这儿也就不多说什么。反正，听点儿老人言是没坏处的，至少我是这样。

"又大了一岁"，还是用这句话吧，说"又老了一岁"显得太过消极，无论年龄如何增长，心态不能老，自己不能"认老"，这怕是最重要的。反正人人都会老，所以老也并没什么可怕的，真正可怕的是"心老"，人没了生活的情趣和对生活不断追求的乐趣，那才是真真正正的老了。

生日之际，感谢所有朋友对我的问候和祝福。也祝愿你们有快乐的每一天。

生日之际，感谢爱妻裴，感谢她给我年轻的活力——像这 5 月春天般的美好，感谢她给我的爱和终身的许诺。

生日之际，感谢母亲给我生命，感谢母亲谆谆教诲，感谢母亲给我受用一生的生存本领，现在您在天国俯视着我，我可以无愧地对您说：我是您的好儿子，您给我的一切都将永远铭记在心。愿您在天国与我同乐，并聆听我送给您的琴声，那琴声满是我对您深深的爱。

When we were young one day in the morning in the May……

跟着杂伴儿

寄语母亲节

5月的第二个周日是"母亲节"。香港的花市早早就开始了母亲节鲜花的预订，生意兴隆；贺卡市场也很火爆。当然鲜花、贺卡都只是一种形式，重要的还是得心里有。孝顺是中国的传统，但现如今不孝顺的也大有人在，遇此种人鲜花贺卡送了也是瞎掰。

其实在众多节日和公众假期中，母亲节是最该过的，总觉得应当设定为公众假期，让天下的母亲和准母亲们好好休息一天。这一天所有的母亲都应当什么都不干，甚至连孩子也不管，去痛痛快快玩儿上一天，放松一天，去尽情享受一下她们久违的生活。

母亲的伟大不仅仅在于十月怀胎，她的伟大之处在于抚养。无论男人有多么勤力，但抚养子女的责任更多是落在母亲的身上，从哺乳、照看，到幼稚园、小学的接送；从碎嘴唠叨的管教，到为子女谈婚论嫁操心……母亲的操劳总是多过父亲的。

母亲的伟大在于无私，她可以为子女献出一切甚至生命，却不图任何回报。做子女的若仔细回想一下，便不难发现，我们对母亲的回报，远比不上她们的付出，就这么着，一代一代地传下去。

现在的母亲越来越难当，一家一个孩子宝贝儿似的捧着，妈妈们坐在一块儿，话题永远离不开孩子，真的应了那句老话："孩子是自己的好，媳妇是人家的好"。其实，"媳妇是人家的好"，是从婆婆的角度看，而不是指自己的老公看人家的媳妇好（当然，看人家媳妇好的，也大有人在）。婆婆最不好当，因为她是母亲，所以儿子天经地义在第一位，无缘无故来了个儿媳妇夹在当中，看不顺眼的地方就多了去。若从母爱的角度看待，无可厚非，但难坏了另一位妈妈。所以婆媳的关系永远是敏感的，有时甚至是尖锐的。久而久之就变成了恶性循环，婆婆看你不顺眼，等你当了婆婆时又看自己的儿媳不顺眼。婆媳关系难处不假，但当儿媳妇的，有时也需要换位思考，想她毕竟也是母亲，这样或许可少些烦恼，多点儿和谐。当然若是听我的一个歪招儿就是：尽可能不要与婆婆同住，给双方都留点儿余地，也给小两口儿留点属于自己的空间。

现在的母亲越来越难当，打孩子一出世，这唯一的宝贝儿就成了当妈的一切，把老公扔在一边儿，自己的穿着打扮也很少顾及，孩子成了生活的全部，往往会忘记自己还是妻子，自己还是女人。一张床睡仨人，孩子在夫妻中间的情景大概是常见的，其实这是一件很难让人理解的事儿，这是因为孩子本不该是家庭生活的全部，夫妻之间的关系绝不应当因为有了孩子而改变，然而我们年轻的母亲们却很少想到这一点，很少去体会一下做丈夫的滋味。类似的情况，大概也只有咱们中国妈妈们才会做，若按西方人的观念，此种作法是不可理喻的。夫妻总应当有属于夫妻的天地和夫妻生活，一旦孩子成为维系夫妻感情唯一的支柱时，其实这婚姻已经存在着潜在的危险了。我的歪招儿是：别让孩子成为夫妻间的障碍，夫妻得保持自己应有的丰富多彩生活。年轻的妈妈别让自己成为黄脸婆，保持自己应有的美丽形象无论是婚前婚后同样重要。

母亲节，想念已离我远去的母亲，想她30多岁一个人拉扯我兄妹长大；想她卧床3年不起在床上为我们织毛衣的情景；想她床边放着根长竹竿，遇我不听话时打我的年月；想她指导着我一步一步走向成人的苦口婆心和教诲，永远会记得她那句名言："任何事情都是会变化的，你切莫因没有准备，等变化临到你头上时束手无策！"正是她这句话让我幡然醒悟，从初到农村时那种自暴自弃的状态中走出来，从此奋发努力，自强不息。2002年6月到鼓浪屿，从那时起便着手安排接妈妈与我同住的事儿，到2003年一切安排就绪，房子租好，照顾她的人也找好，却万万没想到她突然发病，很快离开了我们。与她在鼓浪屿团聚便成梦想！至今仍为她未能到鼓浪屿住一住感到遗憾。她去了，但会永远留在我心里，留在我生活的每一个空间。

　　母亲节纪念您，亲爱的妈妈。

　　母亲节写给每一位母亲，为你们的伟大和无私。

　　母亲节送给年轻的母亲，为你们还有很长很长的路要走。

　　母亲节一个值得纪念的日子，干杯！为母亲！

游泳去

距我家楼下一步之遥的游泳池，仅供我们这个"村"的居民免费使用（他们把我们居住的区叫做 village，也就习惯地称为"村"）。泳池不大，但因"会所"那边还有更标准的池子，也有为孩子们设置的适合他们嬉戏的小池，所以这边的人就不太多，足够享用。4月1日开放，但那时实在是太冷，尽管没人，但规定就是规定，不含糊的，一应工作人员到位，早7时到晚10时绝对准时。5月5日是今年第一次下水，也还够凉，好在游过之后可以去蒸个桑拿、冲个热水澡，很快也就暖和过来了。随着天气转暖，游泳会成为我每日的"功课"，这本是我多年喜好的一项运动，现在有这么好的条件，自当更加努力"用功"了。每天500米到1000米不等，看时间、看身体状况，有时也不想把自己搞得太累，反正干什么事儿最好是适可而止，过头了便会事得其反，把好事儿变成坏事儿了，锻炼亦然。

北京有个陶然亭游泳池，小的时候我们要搭很远很远的车才能去游一趟泳，包里会带上一个馒头，游泳之后花3分钱买一根红果冰棍就着馒头吃，感觉天下美味尽在于此，美妙无比，至今想起来还是觉得好吃。现在哪儿还有3分钱的冰棍呢。当年再也没想到，此后从农村进入到北京舞蹈学院工作，就在陶然亭，距我那再熟悉不过的游泳池也就一两站地的距离，也常与同事们去游泳，但却再找不到儿时那种快乐的感觉，或是因为没了那3分钱的冰棍和一个凉馒头？

厦门有海，赶上潮汐合适的时候，就会在郑成功塑像脚下的海里游泳，多是在晚上，白天就算是有时间、潮汐合适也很少去，那夏天的太阳实在是可以把人烤焦。大海里游泳，有一种漂荡的感觉，浪涌过来又退回去，人也就随着起伏，飘乎不定，这很像我在厦门 7 年半的生活。

香港城区泳池不是很多，去起来也不是很方便，所以很久没能像现在这样，下楼就能游泳。这或许就是所谓高尚住宅区的优越性了，但我并未因此感觉到优越，或高人一等，只是赶巧有这套合适的房子，歪打正着挑对了地方，仅此而已。人的高尚，绝不取决于是否住在"高尚住宅区"，更不取决于楼下是否有游泳池，人的高尚远不是物质所能赋予的！真的是没什么好炫耀的，因为这世上还有花园别墅、私家泳池……比是万万不可比的，羡慕是万万不可羡慕的，最不喜欢的就是攀比，有什么可比的呢？你过你的，我过我的，家庭幸福和美，自己感觉良好，才是最重要的。

刚刚游完泳回到家，想到这些话就赶快写下来。现在去喝杯可口可乐，喘口气儿吧。

后勤部长说

朋友们问我到香港后做什么，我的回答很简单："当好后勤部长，再说其他"。这是实话。

7年多与爱妻裴分着过，每想到一个女人在这繁忙的社会里打拼，而我又帮不上忙，心里总有许多的歉意和内疚。这份歉意和内疚现在可以尽情去补偿了。

男人主外，女人主内，是传统观念，在发达国家发达社会发达的今天，女人主外，男人主内也是常有的事儿。谁又说女人不能主外呢？要想通这件事儿有一个关键，那就是"爱"！有了爱，谁主内谁主外就显得不重要了。男人主内，得有一个正常的心态，若端着个大男子主义的架子，这主内的事儿就甭想干好。但若将心态摆正，把对妻子全部的爱都融入这"内"之中，一切阻碍便迎刃而解。

我就是这样，对裴的爱不是三言两语可以说清的，我的爱只有我知道。正因为有这份浓浓的爱，就让我觉得无论为她做什么都值得，所以当起"后勤部长"也是劲头儿十足。两个多月以来，我越来越体会到当好"后勤部长"的重要性：每天晚上她当回到家中，看到她那么开心地吃着我做的晚餐，那么放松地喝着红酒与我畅谈时，我开心之极，更体会到我的价值。用裴的话说："家里多一个人真好!"，听她说这话，我能体会到她内心的愉悦与幸福。是啊，真好，只可惜这"真好"来得迟了些，所以得拼命去补偿。

爱不该是索取，而是给予，这是人们时常说的一句话，但真正能做到，并不是件容易的事。因为当我们做一件事的时候，往往会自觉或不自

跟着杂伴儿

觉地想到回报，而一旦把"回报"摆在前面，结果便会很糟，这是因为人的奢望永远不可能在现实中得到，期望越高，回报就越低，任何事情皆如此，更何况爱了！真爱是没条件可讲的，如若爱附带着无数的条件，那爱也不成其为爱了，那或许是一种交易，或许是一种互换的条件，或许是无休止的争吵（沉默）。当谈婚论嫁时，把房、车、存款摆在第一位，这个婚姻已经是岌岌可危了，这样的事我们见得还少吗？

爱需要激情，需要激动；家庭需要情感的不断更新和补充，当两个人把生活中所有的事都变成习以为常，不足挂齿的时候，生活便会索然无味可有可无了。"后勤部长"就是要把这个家"后勤"得充满生机与活力，充满情趣与乐趣。一汤一菜或不足挂齿，洗衣拖地或微不足道，一亲一吻或显平常，一句问候一句赞赏或太过普通，但生活就是细节，它不需要惊天动地，只需要持之以恒。

在香港当"后勤部长"不是太难的事情，采购简单且充满乐趣，琳琅满目的食品，会给你一种购物的满足感和乐趣；得心应手设施齐备的厨房，做菜时会感觉到是在从事创作。当餐桌变得丰富起来、当透明的高脚杯泛出酒的红晕、当俩人脉脉情深举杯面对时，"后勤部长"真的满足了。

现在得想想今天晚上吃什么了。一荤一素一菇，可也。现在去买菜，"后勤部长"要工作了。

你能在香港打工吗

这里说的打工，是指一般的工作，如：麦当劳、肯德基、7－11 店的服务员，或是类似我家楼下的保安等等，也许你会毫不犹豫地回答说"当然可以！"，其实不一定！问题不在于学历、能力或是否勤力，关键的问题是英语。当然，做此类工作不需要非常好的英语，但一定得会，且需要在快速的工作环境中听得懂、答得出，这就有点儿难度了。

香港是个国际化的大都市，英语的使用频率高于内地，而学校、律师行、银行等机构的往来文件更多以英文为主，在这个城市完全不懂英语，行动起来多少会显得有点儿难。当然，这与英国 100 年的殖民统治密切相关，在 100 年的时间里，英语在香港始终作为第一语言使用，也就培养和锻炼了香港人的英语能力，1997 年回归之后，常可见报刊文章忧虑香港英语教育水平的退步，但无论怎么退步，英语在香港的普及和使用程度仍很高。

香港各大学的研究生考试，大概要看这几样东西：大学毕业成绩以及此后的工作经历、两位得力的推荐人、英语程度（托福、雅思或国内英语六级）和面试（多以英语交谈为主）。这是一种非常客观的考试标准，它看重的是工作和创造性的思维方式，看重的是英语水平，并通过面试给导师们以直观的第一印象，显然这样的入学程序远远好过内地的"教条"。

所以，准备到香港读研究生，请先学好英语；想到香港谋一份工，请先学好英语。其实，不只是香港，在一个发达先进的大都市，良好的英语能力总是需要的。

很多年轻的朋友谈学英语变色，抱怨实在难学，依我之见还是决心恒心不够。按英国人自己形容的他们的语言是"laze language"，这是指英语的语法相对于其它语种简单些，时态也不是非常复杂，如此这般，接下来的难点就是"词汇量"了，没有足够的词汇量，自然会是一张嘴就没词儿了。而词汇的累积却是一点儿窍门都没有，唯有死记硬背这个笨办法。年轻人记性好，背点儿单词该不是什么难事儿，所以我才会说是"决心恒心不够"。据统计，若能有个 800～1000 个词汇量，便可维持一般的口语交流，以此为前提，在解决了语法、时态之后，每天若能结结实实地记住 5 个单词，一年 365 天就可掌握 1825 个，难吗？试试看。

不只是英语啦，学习这事儿总是需要决心和恒心的，如果学习像吃喝玩乐那么轻松，也就不成其为学习了。

从能否在香港打工，联想到英语。当然，如果您连中国语文还都没学好，如果您提笔满篇的错别字，我建议还是先把咱们老祖宗的文字学好再说吧，不管怎么着，咱们不是靠英语过活的。

同是渡船

几乎每天都要搭乘渡船到香港那边，是双层的快船，从码头出发，行程25分钟。

上船伊始，便可听到广播提醒"乘客如欲进食，请往上层客舱"，开始还不以为然，久而久之便发现这样的安排很有道理。乘船的人大都很忙，尤其是早晨，很多人都是带着早餐利用25分钟的时间在船上吃，其内容自然也是五花八门，吃什么的都有，各种味道也就很浓重。"进食往上层客舱"，保证了下层客舱空气的清新不说，且可避免食品的气味将穿着讲究整齐人士的服装染上不好闻的气味。这考虑可谓细心。

遇非繁忙时间，又会有一则广播告知"为节约能源，上层客舱暂时关闭"，显示了良好的节能意识。

船将靠码头，广播里会提醒"为阁下安全着想，乘客落船时请小心缓过踏板"。

……如此种种，25分钟的渡船，便有这么多的讲究。服务意识和服务水平可见一斑。

说到船，自然会想到雾。香港与厦门一样是多雾的城市，却少见停航，只是会在码头入口处张贴告示，告知乘客"因大雾航班行驶缓慢或有延误"。再看看厦门至鼓浪屿的轮渡，动不动就停航，仿佛下雾停航是天经地义的事儿，根本不去想解决的办法。当然也没法儿与香港相比较。因为，香港这渡船是私人企业，在保证安全的前提下，也要考虑经济效益，此其一；而雾天行驶的安全，与渡船装有先进的雷达和导航系统有关，公司要赚钱，就得先花钱，有了先进的设施自然可以保证大雾天气照常通航，此其二。如此这般，厦门轮渡的停航还是蛮有理由的：买卖是公家的，经营死活不关事；雷达不必装，装了反而得多跑两趟……有谁会顾及上班族能否准时上班，游客是否会大批滞留？反正赚不赚钱与领导无关，反正上不上班也与领导无关。至于什么服务水平啊，服务细节啦，那就更甭聊了。

诸如轮渡所体现出的细节，在香港随处可见：凡是没有滚动电梯的通道，一定会有一台升降电梯，为的是给残疾人和老人提供上下的方便；马路上的盲人通道永远畅通无阻，占用属违法；只要地上有水或潮湿，会立刻竖立标志提醒"小心地滑"……这让我想起发生在美国的一件事：一位老妇人在商场被狗尿滑倒摔伤，起诉索赔胜诉，法院判定的理由有二：1.老妇人是在你的商店被滑倒摔伤的；2.尽管狗撒尿属意外，但商店并没有立刻处理并树立"CAUTION WET FLOOR"的标识。

无论是什么样的社会，人永远是最可宝贵的。这正是我们经常挂在嘴边的"人性化管理"，然而挂在嘴边实在太容易，而能否做到则是另一回事儿了。"人性化管理"需要"领导"重视不在话下，更需要每一个岗位的精心与细致，而后者尤显重要，这是因为咱们的"领导"永远是领导，当他们高高在上的时候，便很难想到下属的疾苦。

今天下雨，刚才路过楼下，一个"CAUTION WET FLOOR"的标识已经立在路旁，这就是香港。

文风　会风　八股

习近平在"中央党校举行 2010 年春季学期第二批入学学员开学典礼"的讲话中强调要"积极倡导、大力弘扬优良文风。领导干部要把改进文风作为一项工作要求，身体力行、勉力而为，在弘扬优良文风上不断取得新进步。"他指出改进文风要在三个方面下功夫：一是短，二是实，三是新。

习近平此番讲话引起香港媒体和各界的重视，认为这或许是党内加大反腐倡廉力度，改进党内工作作风，求真务实的一个信号。

其实反对"党八股"并不是现如今才提出来的，无奈官僚主义、文牍作风愈演愈烈，仿佛领导讲话不说出个七、八、九就不算是讲话，就不够气派，就不能显示领导的威风。就这么着，官话、套话、废话一大堆，上面讲得吐沫星四溅，下面听得打瞌睡。所以习近平有针对性地指出："改进文风，必须改进会风。还要努力活跃党内生活，大力倡导独立思考的风气，进一步创造鼓励讲真话、提倡讲新话的宽松环境。"

讲归讲啦，改进文风、会风谈何容易?!"勤于学习"，"以德修身"，"深入基层，在实际生活中望闻问切"……是习近平开出的良药，但这药吃起来一定很苦，对于那些已经习惯于官僚的人们来说，能否心甘情愿去吞下这剂苦药?! 对于那些连讲话稿都不用自己写的官僚们来说，"深入基层，在实际生活中望闻问切"简直就是天方夜谭! 当官太舒服了，对于那些舒服享受惯了的官僚们来说，若真的要改进文风、会风，不用猛药怕不会见效。

"八股"由"破题"、"承题"、"起讲"、"入手"、"超股"、"中股"、"后股"、"束股"八部分组成，题材内容限于四书五经，不许作者自由发挥，字数也有严格规定。对照现如今的"现代八股"，长篇大论的发言与"老八股"何其相似！但不管怎么着，"八股"还有字数的限制，可咱们倒好，发言连个字数的规定都没有，真的是有过之而无不及了。

香港是个繁忙的经济社会，为保证各类金融机构正常有效的运行，这里仍实行5天半工作制，没有"倒休"这一说儿，更没有"黄金周"。时间就是金钱嘛，时间宝贵了，会议就少了，废话就不说了；效益就是生命嘛，效益与生命同等重要了，谁还会有闲心去作"八股"呢？

习近平提倡"坚持以德修身，努力成为高尚人格的模范，做到言行一致、表里如一。"我想，这不仅仅该是党员干部需要做到的，我们每一个人都应具有高尚的人格、良好的德行，言行一致表里如一的品质。当然这很难，因为我们时常会面对一些喜欢你言行不一致，喜欢你表里不如一的官僚，当他们听惯了"好听"的时候，你若言行一致表里如一，肯定没好果子给你吃。

但是，我会坚持，这是因为表里如一才是一个真实的人，才是一个活着不累的人。当然我这又是站着说话不腰痛，因为我毕竟离开了文山会海，不用再去听那些官话、套话、废话了！

佛　诞

农历四月初八（5 月 21 日）是释迦牟尼诞辰，称"佛诞日"，香港有公众假期 1 天。这天去大屿山顶礼膜拜大佛的信徒不少，自然也有借公众假期出游的人们。

大屿山的大佛是很有名的一个旅游景点，大佛由 200 块青铜铸件组成，高 23 米，连座高 34 米，重达 202 公吨，是全球最大的户外青铜坐佛，1989 年 10 月 13 日，大佛最后一块铜壁安装完毕。佛像脚下不远，就是香港著名的佛教圣地宝莲寺，供奉着陀真身舍利。若从东涌乘缆车上去，方便不说，更可在缆车上饱览清山绿水，香港国际机场也尽在眼中。

香港为什么会将"佛诞"定为公众假期，不得而知，或是因佛教徒众多的缘故？但好像也没听说香港是以信仰佛教为主的这么一个城市。

其实香港的假期就像香港这个城市：中西合璧，圣诞节、复活节是要过，新年、春节也要过的，所以七七八八的公众假期加在一起，真不算少。1997 年之前还有一天假，是"英女王诞辰"，香港回归之后这天公众假期改换为"国庆"，英女王只好自己去过她的生日了。

从假期可以看出香港的特色，中西方文化在这里巧妙的融合，中西方的传统在这里不动声色地并存，就好像香港话里会很自然地冒出英语一样，让你并不觉得怪怪的或是矫揉造作。你可以去品尝顶级的意、法大餐，也可以在街边的茶餐厅尽享地道纯正的"丝袜奶茶"和香滑可口的"海南鸡饭"；有佛教信徒去宝莲寺、黄大仙，天主教、基督教徒也有他们的好去处，大家各得其所，互不干扰，自得其乐。当然，无论它融合得多么好，在这儿我还是找不到芝麻烧饼、地道的涮羊肉、烤鸭，甚至一罐芝麻酱，照这么看还真不能说香港应有尽有，还就真有我想要而买不着的呢！（个案，不作处理）。

"佛诞"！对了，还是说回佛诞吧。我对宗教一无所知，也不甚感兴趣（尽管我出生之时还正而八经地受过天主教的洗礼）。与子南老师同住时，他家就在我楼上，有一天他夫人送给我一本《圣经》，鼓励我读，读倒是读了，但仍是无法让我信奉，想想实在惭愧。不是常说"佛祖在心中"吗？是啦，我不喜欢形式，更装不出一副虔诚的样子，还是让佛祖在心中好些，因为我相信，无论哪个教派、什么信仰，坚守诚实、诚信、正直、善良，具有爱心和高尚的道德都是一致的。佛诞日我们顶礼膜拜，圣诞节我们合十祈祷，不都是为着一个目标：让世界充满爱，让战争远离人间吗？

原谅我不够虔诚，阿弥陀佛。

闲言碎语不要讲

山东快书开讲总爱说一句话："闲言碎语不要讲……"道出了山东人的直率性格和山东快书简捷明快的特色。

那天看到一位要好的朋友在 QQ 空间里发牢骚说"怎么这么多无中生有的事儿，烦！"，看后我忙发表意见，劝他不必往心里去，告诉他这世上闲着没事儿干的人多了，没事儿干就"无中生有"，就背后捅刀子，对此种人此种言语大可不必在意，一个耳朵进另一个耳朵出就是了。要不哪儿来的"无事生非"这句成语呢。

总有这么一些人，最喜欢道听途说，然后添油加醋，最喜欢拨弄是非，唯恐天下不乱。身边就曾有这样的人，当你的面这长那短，毕恭毕敬，等刚一转脸就不是他了，立刻换一副面孔，把坏话说尽！想想，跟这样的人你叫什么真儿，既浪费时间，又劳神伤心，不值当的。再者说了，他说你的坏话碍着咱们吃还是喝了？碍着咱们过自己的日子了？没有！累的是他自己，因为两面人是很难做的，一会儿人一会儿鬼的，活受罪，但改不了，本性如此。

所以我说这个年轻朋友们还是嫩了点儿，遇这么点儿小事就不开心，就发牢骚，俩字儿："缺炼"。人生的路还长着呢，此类事会层出不穷，都往心里装，甭活了！

话还得说回香港，香港这地方或许是受洋人的影响，有许多洋人的习惯，他们不喜攀比，更不爱打听人家的事儿，各干各的，各有各的乐趣。你赚多少钱啦、他结婚没有啊、你家住多大的地方，没人问，也没人对这些鸡毛蒜皮的事儿感兴趣。你过得好与坏与我无关，你有本事多赚，我没本事少赚，不嫉妒也不羡慕，大家为了多赚钱，一世干着两世的工，哪儿还有精力、闲心去管别人的事儿？所以，这"闲言碎语"真的是闲出来的。所以，在香港工作最让人开心的就是你拥有你的隐私（privacy），更不用担心有人背后给你捅刀子（中资公司除外）。外国人最讲究隐私，甚至在一般情况下，不是亲朋好友，连家中的电话也不会随意泄露。讲privacy是习惯，更是修养，当然这与社会的大环境有关。像过去北京那种四合院，多少家人挤在一个院里，你那儿刚起油锅，邻居就已经知道你吃什么了，再加上"小脚侦缉队"无微不至的"关怀"，哪儿还有privacy可言。久而久之也就成了一种恶习。好像不探听出点儿人家家里的事儿就不过瘾，不给人家添点儿乱就不踏实。

"闲言碎语不要讲"，先想想自己讲了没有，如果人人都不讲，那位年轻朋友的烦恼也就没有了。但，这是不可能的！闲着没事儿干的大有人在，你也得替他们想想，那么闲，不生出点儿是非，多没劲?! 那你又何必跟这种人一般见识呢？

写到这儿，想起相声大师侯宝林"歪批三国"那个段子：

逗哏：知不知道张飞他妈姓什么？

捧哏：不知道。

逗哏：笨！姓吴啊！

捧哏：怎么会姓吴呢？

逗哏：你没听说过无事（吴氏）生非这词儿吗？这不明摆着，是吴氏那老太太生的张飞嘛！

哈哈哈……

得，再遇无事生非、闲言碎语，就想想侯大师这段子，一笑了之。

不会写字了

为一篇文章发表，编辑要我一个签名，写了半天都觉得不成样子，这才发现，我不会写字了！

自从有电脑那天起便使用着，五笔字型输入法也用的得心应手，久而久之就扔下了笔，无论干什么全都靠电脑，不用再去"爬方格子"。

从我不会写字了，想到还有多少人不会写字，如果连我们这代人字都写不好，那下一代、下几代人又会是怎样？想想也真是令人担忧。中国的文字历来是靠书写的，中国的书法何其精深博大，但当电脑代替了钢笔、毛笔的时候，中国字丰富的历史、文化内涵以及象形文字的独到之处便消失殆尽。更何况，若使用拼音输入法，字会写不会写都显得不紧要了，只要拼得出来，蒙着也能找到，就这么着，往往还会看到错别字连篇的作文、论文。你说这可如何是好?！

科学技术的发展可谓日新月异，一个".com"把世界缩小到可以用秒计算，电脑的广泛应用，提高了工作效率，推动了社会的发展，但试想若有一天像电影"2012世界末日"那种科幻突然出现在电脑世界里，我们这个世界将会是什么样子？金融、交通、通讯、航天、商业、教学……全部瘫痪掉？还是怎么着？想都不敢想！更何况"2012世界末日"并非科幻，就照人类这么个毁地球的劲头儿，"2012"是迟早的事儿。

想当年，为打一个电话要跑出家门好远才能找到一部公用电话，要发一份电报就得到电报大楼去排队，现在还有多少人要发电报？公用电话还能派上多大的用场？MSN、QQ、HOTMAIL……都不知用哪个是好。更可恶的是那网络游戏毁掉了多少好孩子！说是要正确引导，怎么个引导？说是要加强管理有所控制，怎么个控制？想想也真是让人头痛，更难坏了我们的教育工作者。

突发奇想，每年不是都有"世界无烟日"之类的环保、健康活动日吗？可否来一个"世界无电脑日"、"世界无手机日"？恐怕不行，没准儿行？

科技发达了，我们变懒了，上楼有电梯，下楼进轿车，写字用电脑，想说话发短信……速度是快了，但亲情呢，人情呢，爱呢?！照这么下去，慢说是不会写字，人与人之间的语言交流恐怕都会出问题！过去的人写信总喜欢在信的开始写上一句话："×××见字如面"，是因为那信是用手写出来的，有笔迹，笔迹里又带着不同人的不同个性与字体的风格，这方才有"见字如面"之说，现在可倒好，看看新年、春节的祝福短信，全部在网上下载，十个短信得有八个是一字不差一模一样的，千篇一律的"套词儿"，千篇一律的面孔，本来是善意的问候也因此而变得虚假了。

科技发达了，社会进步着，但我们总得会写字、会说话，我们总得有风趣幽默的交流、卿卿我我的谈情说爱吧？干脆让时光倒流算了，不可能！

本该用笔把这篇文字写下来的，但还是用了电脑，已经不可救药了。

反认它乡是故乡

3 个月前的今天，2 月 27 日（正月十四）清晨离开厦门往香港。选择这日子有两个原因：一是第二天就是正月十五，盼着团圆的佳节与爱妻团聚；二是那时大家还都在假期中，不会惊动朋友们。

清晨大雾弥漫，带着狗狗乘渔船过海，就与送行的人在岸边告别，怕他们回程被雾阻挡。与大家说再见，说不要再送了，说送君千里终须一别，还是就此道别为好。这不是套话，是实情，天下没有不散的宴席，只是迟早罢了。

机场几乎所有的航班都因大雾停航，唯独厦门航空公司飞香港的这一班正常起飞，我的运气真是太好了。登机那一刻，我没有回头，起飞之后也没有往下再看一眼厦门，思绪在那一瞬仿佛停滞了。留恋厦门吗？留恋鼓浪屿吗？好像没有太多。我于厦门、鼓浪屿只是匆匆过客，留在我记忆中的唯有朋友们和我惦念着的人们。

正如我在散文《匆匆——告别鼓浪屿》中所写，人生匆匆，我们匆匆，在厦门 7 年多的时间该不算短了，但在人生的旅途中只是短暂的一瞬，而在人类历史的长河中，大概提都不值得一提。我们就是如此渺小，渺小到历史不会记得我们！如此这般，我们还需要尔虞我诈、你争我夺吗？还需要嫉妒、怨恨吗？

我喜欢厦门的闲适，鼓浪屿的宁静；我喜欢北京的干燥甚至嘈杂；我喜欢香港的秩序和法制，其实我喜欢我走过的每一个地方。这或许正是"乱轰轰你方唱罢我登场，反认它乡是故乡"的真谛所在了。

但我更喜欢的是有爱的生活环境，爱是无垠的，而爱是什么，又真的

跟着杂伴儿

很难用三言两语说明白。但爱是能够感受到的，这爱有时会让你牵肠挂肚，有时又会让你思绪万千；这爱有时远在天边，有时又会近在眼前；这爱没有性别之分，又不受年龄约束，所以，这爱便需要我们用心去感受、去体验、去捕捉。

终于可以回家了，终于有了个完整的家，不再需要"煲长途电话粥"，不再需要每天通过 E – mail 谈心交流，于是这每天的日子便活泼生动，津津有味。这味道说不清的，天伦之乐，乐在其中，只有身临界其境，才能真正体会到她的美妙和幸福。

3 个月过去了，时间就是这么快，几乎容不得你去想，更等不得你去醒悟。想到外祖父生前写给我的一副对联："梦长梦短都是梦，年来年去又何年"，这该是他老人家用一生时间领悟生活的总结，是淡泊名利、淡泊人生的真实写照。

人生不就是一场梦？是美梦还是噩梦？都该有的。但我们不能因为是梦便醉生梦死。这样，当有一天我们的梦做完的时候，或许能少些遗憾，少些悔恨，或许能多留点儿爱在人间。若果真能有那样一个梦，该是可以知足了。

我在山水间

大概连我自己也没想到，临近晚年与海结下了不解之缘。7 年半住在鼓浪屿，与海为伴；到香港仍是以海为邻。

我认识和喜爱海明威，就是因为读了他的《老人与海》，十几岁的我被那些细腻的文字描述吸引了，为海而痴迷了。那老人"后颈上凝聚了深刻的皱纹，显得又瘦又憔悴"，但他那双眼睛"跟海一样蓝，是愉快的，毫不沮丧的"。那时我就在想，"这海是怎样的蓝？是怎样的愉快而又不沮丧？"于是带着对海的向往，编织出许多幻想和离奇的故事……

大海在我的眼里始终是一个女人，这又是受到海明威的影响，在他笔下的大海是："仁慈的，十分美丽的，但是她有时竟会这样地残忍，又是来得这样的突然，那些在海面上飞翔的鸟儿，不得不一面点水搜寻，一面发出微细而凄惨的叫喊……"可那渔夫"总是把海当做一个女性，当做施宠或者不施宠的一个女人"，海明威给大海赋予了女性的身体和灵魂。于是这女人般的大海令我神魂颠倒，又编织出许多幻想和故事……

15 岁那年的冬天，在大连我第一次见到海，兴奋之余寻找着"跟海一样蓝，是愉快的，毫不沮丧的"眼睛，寻找着"施宠或者不施宠"的女人，但大连冬天的海是灰蒙蒙的，冷冰冰的，于是我的幻想和那些故事就在那一刻破灭了，依稀感觉到人生并非幻想、故事那般美妙……

海明威笔下的大海是女人，曹雪芹笔下的女人是水做的，东西方文化有时竟是如此的相似。无论是大海，还是水，它们是女人无疑！所以我在山水之间，更喜欢水，却与孔夫子的"知者乐水，仁者乐山"无关，更与"好色"无关。我之所以如此，皆为两位文学大师所至。

在厦门、香港，我认认真真地品味着海，品味着这女人蓝色的眼睛、施宠的喜悦与不施宠的悲哀；品味着这女人"波澜不惊，上下天光，一碧万顷"的温柔与愉悦，品味着女人"阴风怒号，浊浪排空"的暴躁与悲伤……但无论怎样，她仍是美丽、多情的，就像这世上的女人。

已近黄昏，坐在阳台上放眼望过去，是山不是海，黑色的云浮在山顶上，分不清哪儿是山哪儿是云，便想这山也很美、很可爱，便想我有多幸运在山水之间。但想来想去，我还是更喜欢海，或许是因为贾宝玉那句："女儿是水做的，男人是泥做的"？或许是我喜欢女人？该是都有的了。

写给不是儿童的儿童

　　明天就是"六一国际儿童节"了，想到该给孩子们写点儿什么，但身边没有孩子，真不知该对孩子们说些什么，便想到不如写几句给那些不是孩子的孩子们吧。

　　家居所在，这地方可以说是孩子和狗的乐园，在繁华噪杂的香港岛、九龙，想找这么一片安静的生活区还真不是件容易的事儿，也因此吸引了很多人在此居住。我以"三多"来形容这个岛（严格说应当是半岛）："洋人多、孩子多、狗多"。

　　在这里，手里拉着一个、车里推着一个、肚里怀着一个的场景时常可见；一家人带着几个孩子，牵着几条狗的场景也很平常。孩子与狗是好伴儿，孩子与狗的接触可从小培养他们的爱心，想必该是这样一个道理了。

　　看外国人养孩子的确与我们在观念和方式方法上有很大的不同。一言以蔽之，外国人养孩子是"放着养"，咱们是"圈着养"，别小看这一"放"、一"圈"，差别就大了去！很难举例，做个简单的对比吧。

他们的孩子	咱们的孩子
自己睡觉	搂着睡觉
自己玩	陪着玩
自己的意志	家长的意志
公开性教育	耻谈性教育
以夫妻自己的生活为中心	父母生活以孩子为中心
允许个性张扬	限制甚至打压个性发展
成年自立	啃老族

……

　　我的一位英国好朋友常说一件事：为什么你们中国的家长总要叮嘱孩子说"小心，别摔着"，如果你让他摔一次，孩子绝不会在同一地方摔第二次。他这话可谓精辟，一语道出了咱们养孩子的弊病。人生本是一个磕磕碰碰、摔摔打打的历程，而我们偏不让孩子们摔打磕碰，问题便都留在了他们成年之后，这已是不争的事实。

　　问题出在"只生一个好"的政策上，一家一个宝贝，养成了家长许多偏激或不恰当的思想方法，一个"宠"字可以形容。但却很少有当家长的会想，你能宠他多久，你能否包办代替他一辈子呢？

　　既然只能生一个，就凑合一下吧，但抚养过程和抚养心态可否做调整？这总应当是可以的吧。例如：给孩子一定的空间，给孩子多些与小朋友在一起的机会，父母甚至上辈老四位能否不把孩子看成家庭的唯一……总之想说的是，放放手，放放孩子，别让孩子活得太累，行不？

"富士康"是否还要跳

在深圳的富士康公司接连不断发生员工跳楼事件，成为众矢之的，也成为本地媒体关注的焦点。

这不断发生的跳楼事情，死者有不同的心态、背景及遭遇，若全部归罪于富士康公司或老总，有失偏颇，但无论如何，公司脱不了干系，也定存在着一个客观的大背景。

我对此事件的了解，完全来自各路媒体，并没有第一手的资料，故不敢妄加评论，且看《亚洲周刊》的一份来自"卧底深圳厂区"的客观报导：

> "富士康公司做得比较好的部分，即员工所认可和接受的下面部分，包括准时支付薪资、为员工购买保险、伙食保障、提供住宿、技能培训等；第二部分则提出富士康公司存在的九大问题和不足，即网友所说的富士康九宗罪：一、工会形同虚设，程序不合法；二保安部属非法组织，没有执证上岗，存在非法打骂和限制人身自由等违法行为；三、违反劳动法，存在超时加班现象；四、与新进员工签订霸王条款，变相限制员工；五、没有建立系统有效的沟通；六、管理人员管理方法粗暴；七、等级森严；八、法定工作时间的工资偏低，与世界五百强企业的高大形象有反差；九、人员流失率居高不下的原因是归属感缺乏。"

细心人从上述报道中一定可以看出，员工可接受的，均属最基本保障，是任何一间公司对员工的保障底线，更何况是名列世界五百强的企业！而所列"九宗罪"，集中反映出来的问题几乎都与员工的收入和公司的管理有关，说到底还是管理缺乏人性化："存在非法打骂和限制人身自由等违法行为；违反劳动法，存在超时加班现象；与新进员工签订霸王条款，变相限制员工；没有建立系统有效的沟通；管理人员管理方法粗暴；等级森严；"这些罪状显然是管理者没把员工放在眼里，没有把他们当"人"看待，员工仅仅是"打工仔、打工妹"，更何况80、90后的"打工仔"，已不再是他们父辈当年只求温饱的打工心态，他们有自己的理想、有自己的梦想与期望，而当这一切在现实生活中破灭时，心理便难以承受，加之"跳下去"的传染性心理因素，便形成了你跳我也跳的恶性局面。

现在，我们已经很少提"剥削"这两个字了，18世纪开始的"工业化革命"，资本家以"剥削"为手段，以便大量积累和产生财富，这种"剥削"或属必然（我没有认真研究过《资本论》），然而时至今日，若将18世纪的"剥削"重演，势必出现"富士康事件"。任何一个企业都是以赢利为目的的，有赢利就一定有"剥削"，只看这"剥削"是否"剥"得合理，是否"剥"得人性化了。而这一切不是什么法律、政策、条款可以包办代替的，它更多需要的是"资本家"的良心。但资本家就是资本家，当利润金钱成为唯一目的时，"良心"又从何谈起?！"国美电器"的老总黄光裕曾是全国首富，但在各类"善款""捐助"中，从不见他的名字，所以他"折进去"是必然，这并不取决于他是否有捐助，是否做了善事，而是他的心坏了，无心便无"爱"，当一个人没了爱的时候，就啥也甭谈了！

突然想到《阿房宫赋》中的收篇："呜呼！灭六国者六国也，非秦也。族秦者秦也，非天下也。嗟夫！使六国各爱其人，则足以拒秦；使秦复爱六国之人，则递三世可至万世而为君，谁得而族灭也？秦人不暇自哀，而后人哀之；后人哀之而不鉴之，亦使后人而复哀后人也。"

"后人哀之而不鉴之，亦使后人而复哀后人也"，多少历史悲剧的重演，皆出于此！

富士康的十几跳，"剥削"、"管理"都与我无关，我真的是够闲了！

早干嘛来着

刚写完《"富士康"是否还要跳》，便见报道："从 2010 年 6 月 1 日起，富士康集团对企业作业员、线长、组长薪资进行调整，员工整体薪资水平提升 30% 以上。"

看了这则消息，第一个念头就是"早干嘛来着！"难道一切的改善是要以十几条鲜活的生命为代价吗?! 如果没有那十几跳，如果没有社会、媒体的广泛关注与谴责，这名列世界五百强的企业是不是就那么"黑"的一直干下去? 想必是了。

调整薪金后作业员由之前的 900 元/月，提高到 1200 元/月!! 区区 300 的调幅，竟需要用生命去换取! 是员工不努力、不敬业吗? 是他们没有为企业创造价值吗? 否! "2009 年产生的员工成本总额达 4.85 亿美元，去年同期为 6.72 亿美元"。是企业亏损没赚到钱吗? 否! "富士康 2009 年净利润为 3900 万美元，较去年的 1.21 亿美元下跌 67.77%"。粗略计算了一下，在此次工资调整后，富士康 10 余万员工的年工资总额约达到 4000 多万元人民币，那又是 3900 万美金（或更多）的百分之几? 不想再去计算了。

"谁跟钱有够"这是我们时常挂在嘴边上的一句话，然而我想这句话该不是对富人而言，对于那些家产过亿的富翁们来说，他们还需要钱吗? 真正需要钱的是 poor people! 无奈有钱的主儿，就是不肯痛痛快快地掏腰包，去满足那些只要有 1200 元收入便知足的穷苦人。某影星在赈灾现场扬言捐款百万元，事后一查，分文没给，良心何在? 天理何在!

不只是富士康的员工了。现如今的年轻人都面临着严重的经济问题，通货膨胀、房价飙升、求职难、养育教育费用开销惊人……是他们刚刚步入社会就必须面临的问题，且是一个非常难以解决的问题。我身边的年轻人为此烦恼、困惑，与我交谈，并无良策，唯有鼓励和安慰，这是因为我也同样被困惑着。

一代人有着属于他们的时代背景和困境，当我们抱怨是"被耽误了一代"的时候，现如今的年轻人正在抱怨生不逢时，赶上了竞争激烈、压力超负荷的时代。到底哪个时代才是好？莫非我们还要回到20世纪五六十年代的生活中去？显然不可，时代不能倒退！这或许就是时代前进过程中所必须付出的牺牲，或许就是需要在牺牲了一代甚至几代人之后，才能达到期望中的理想境地？就像战场的前赴后继，以无数人的生命换取最终的胜利一样？请注意，我全部使用了"？"，因为我找不到标准答案，这也正是我的困惑所在。

然而无论如何，一位领导、一个企业家总该在力所能及的前提下尽可能地去体恤民情，体恤民间的疾苦，小小的改善或微不足道，但温暖和关怀往往可化干戈为玉帛，就好像"富士康"若早有这30%的调整或许就不会有那十几跳的惨剧发生一样，关键就要看"头头们"是否有这份心，是否有那一点点并不需要他们付出太多的"人情味儿"了。

朋友们称我为"性情中人"就算我是"性情中人"吧，我宁可是这，而不愿意是那，当然这或许是因为我不是"富士康"的老总，若我腰缠万贯，会不会也黑了心？没可能！有可能！不知道了。

谢天谢地，我没成为"富士康"；谢天谢地，那些可怜的人们没有在我的眼前跳下去；谢天谢地，我是性情中人！

肖邦年听肖邦

今年是肖邦诞辰 200 周年纪念日（1810—1849），称之为"肖邦年"。与全世界一样，香港与此相关的主题音乐会琳琅满目，大饱了我的耳福。肖邦 39 岁英年早逝，但为我们留下了无数传世之作，他一生不离钢琴，所有创作几乎都是钢琴曲，是我最喜爱的作曲家之一：喜欢他作品诗人般的气质，喜欢他作品中那种为亡国的哀恸、忧伤，喜欢他游子思乡的叙事及幻想。这不由得让我想起中国南唐的大词人李后主（李煜），他不通政治，是一位亡国的皇帝，被俘汴京，也正因如此造就了他在文学上的成就，传世之作都是精品。试读他的《浪淘沙——怀旧》，是何等精彩！

> 帘外雨潺潺，春意阑珊。罗衾不耐五更寒。梦里不知身是客，一晌贪欢。
>
> 独自莫凭栏，无限江山，别时容易见时难。流水落花春去也，天上人间。

20 世纪 80 年代初，傅聪在被迫离别祖国多年后重返北京，在中央音乐学院听他引用唐诗宋词诠释肖邦作品是何等的贴切，听他讲离愁别恨是何等动人！

李煜、肖邦、傅聪……非逆境方可造就一代英杰？或不尽然，但在中国强大的今日，哪里再有《黄河大合唱》、《义勇军进行曲》？哪里再有《家》、《春》、《秋》？哪里再有聂耳、冼星海、巴金、茅盾？浮躁之风，令人唏嘘，这就难怪我们不得不感叹了。

不久前听两位法国钢琴家演奏肖邦，年轻的 Gabriele Carcano 把肖邦三首夜曲演奏得如诗如画，让人惊叹小小年纪却有如此深刻对肖邦作品的理解；而 Roger Muraro 的"流畅的行板与灿烂的大波兰舞曲"，凭借他2米多的身高和那双其大无比的手，尽展华丽与灿烂，听着实在是过瘾。

正期待着另一场肖邦作品音乐会，钢琴演奏者是著名的波兰钢琴家齐默曼（Krystian Zimerman），1975 肖邦国际钢琴比赛第一名金奖得主。早已通过 CD 领教过这位大师的演奏，而在现场聆听还是首次，波兰人演奏肖邦，是何等令人神往。

今年不只是肖邦年，也是舒曼诞辰 200 周年（1810—1856），去世时也只有 46 岁。两位同时代的大师，为我们留下了极其宝贵的财富，他们并不因生命的短暂而悄无声息，这仿佛在提醒我们：生命与成就并非正比，逆境或更可成就人才……

当然，一切对于我来说晚矣！然而，还有那么多可畏的后生，200 年后，定会有他们的名字留在史册上。

吃在香港

过去说"吃在香港"，是说世界美食在此应有尽有，现在，在北京、上海、广州这样的大城市，想吃到世界各地的美食已不是什么难事。但若讲质量、地道、服务的素质，香港仍当是首屈一指。

说平时的吃吧。很多朋友见我，总会抱怨在香港吃东西太贵，并问我的感觉。这真是一言难尽的话题。这么说吧，先得看你要吃什么，如果整天去"镛记"、"北京楼"一类的酒楼，可以吃到天价，但又有多少人会整天去那种地方？再就要看是整天在外面吃，还是在家里吃，这有很大的不同。

当然，无论怎么吃，在讨论这个问题之前，首先得有一个香港与内地收入差额的概念，否则没得谈。我们姑且以香港一个中产者月入4万（或以上），内地月入4千（或以上）为比较的基点。

在香港上班族中午用餐与内地不太一样，因为没有食堂，所以一定得利用1小时的午餐时间到外面去吃，那个时段的街上用我的话形容"就像是捅了马蜂窝"，人们从写字楼一拥而出，瞬间街上的大小餐厅人满为患。这餐饭，可以去快餐店、去"饮茶"、进西餐厅，也可以在小摊档买套餐，或在面包房买个面包敷衍，总之选择的余地很多。这一餐饭多则百十来元，少则三五十元，以每餐平均50元计算，22天（5天半工作日）仅午餐一项的开支差不多就要到1千元以上，相当于内地工资的1/4，却只是香港收入的1/40，是假设月入1万元港币的1/10。在内地，若拿出4千元的1/40用于午餐，那会是怎样的情况？当然，在香港也不全是月入4万的主儿，他们就会从家里带饭，或选择那些一餐20元左右的小店，以填饱肚子为主。所以，吃什么、怎么吃的前提还是得看收入，正所谓"君子务本，量入为出"。无论餐厅大小，午餐的价格都会便宜过晚餐，各种商务套餐，便宜、快捷，为上班族考虑得十分周到，"薄利多销"是商家面对午餐需求的策略。"麦当劳"、"必胜客"、"肯德基"的价格，几乎与内地相同（或略贵），但收入比呢？前一阵子，"麦当劳"的巨无霸套餐，仅卖到20元。而在学校，也没有食堂这一说，都是请外面的快餐店做到学校里面，诸如"美心"、"大快活"之类。这些快餐店进学校，是有事先约定的，在价格上对师生优惠，明显便宜过在街面上的同类餐厅。但无论在哪儿吃，吃什么，价格与质量一定是正比，商家要赚钱，但绝不黑心。

在家里做着吃，明显便宜。普通人家早、晚两餐、足够充足的水果和家中一应日用必需品，开支约在4千元上下（月入的1/10），但在内地呢？拿400元出来，肯定不够。就以水果为例，香港的水果绝对不便宜，但想想鼓浪屿水果摊上的价格，真是很吓人，有一次看到樱桃，居然按2元一粒卖，前所未闻！

吃在香港的价格，可用"正常"形容，市场充分考虑到工薪族的实际情况，因不同人群的需要而设定价位。而在内地，价格的设定仿佛面对的全是有钱人，仿佛人人都腰缠万贯，很少考虑到工薪阶层的实际情况，特别是年轻人所必须面对的困境。

说了半天，好像也没计算出来到底哪儿便宜哪儿贵，数学实在是太差！

对了，还有一条别忘了，在计算时请别忘了港币兑换人民币的差价，今天的牌价是：100港元＝87.5679人民币。

住在香港

住在香港很贵，非常非常贵。

这里居住面积的计算以呎计算，100 平方英呎 ≈ 10 平方米。

怎么个贵法儿。随便拿几个数字出来看：偏远地段如屯门一带，建筑面积 430 呎（43 平方米），106 万；中心地段如铜锣湾，500 呎（50 平方米），258 万；高档住宅区如海怡半岛，1065 呎（106 平方米），910 万……当然，还有更高档的，上亿的，七八十万 1 平方米的价格也不算新鲜，但不在话题之内，那是富人的事儿，与普通老百姓无关。

从上面的几个数字可看个房价大概不说，只说那面积。在香港 30～50 多平方米建筑面积的房子比比皆是，是房地产商依市场需要而开发，因面积小，价格也就相对便宜，是低薪阶层和小年轻的首选，就这，随随便便也得 200 来万！且这小小的面积内，住的并不是一两个人，很多都是四五口人之家挤在一起，若没有阳台，所有洗好的衣服只得晾在房间里，其居住环境和条件可想而知。

所以，香港人很少会约朋友到家里聚会、吃饭，多是约在酒楼饮茶，或是一起郊游远足。

所以，在香港就没有"没房我不嫁"的结婚条件，两个刚刚毕业不久的大学生，月收入 2 万余元，想结婚租个房子先住着，待慢慢积蓄够付首期，再说买房子的事儿。就这，若想要租个好地段、高层、面海，建筑面积不足 50 平方米的房子，月租也要 15000 元！

所以，在内地说买个四五十平方米的住房像是很奇怪很不可思议的事儿，在香港就很普遍。在内地没买房就结婚，仿佛大逆不道，在香港就很正常。这与内地如火如荼攀比叫劲买大面积房子，正成鲜明对比。而在发达国家，现如今年轻人的消费观，根本就是租房不买房，把给银行的利息用在年轻时的消费和生活的享受，"不做房奴，做自己生活的主人"，这才真是想得开，这才真是会生活。

早在20世纪七八十年代，用木头搭建涂以黑色沥青的"木屋区"随处可见，那里污水横流，蚊蝇孳生，黑社会当道，令人望而却步。此后，香港政府兴建"公屋"和"廉租房"，基本达到了"居者有其屋"的目的。但这些居住区，面积狭小，居住人口众多，条件仍很差。但此类住房有着严格的建筑标准和准入条例，类似内地以"经济适用房"为名，面积超标、资格审查名存实亡的现象在香港绝对行不通。

无论上面提到的哪种情况，能住进去的人们是幸运的，因为直到现在还有很多人居住在"鸽子笼"里，那仅是一张床位，上下多层，一人或一家拥挤在一起，就这，月租也得两三千元。

面对高昂的房价，香港人习惯于冷静面对，他们有着良好的消费观念以及平和的心理状态，贫富的悬殊、房价的高低、居住条件的好坏，在他们眼里都是正常的，并无"打土豪分田地"之想。这或许就是资本主义制度下的心理了。

从几亿、几十个亿的豪宅，到"鸽子笼"，是在一国两制下的香港，断然不是我们制度下应有的现象。

"安得广厦千万间，大庇天下寒士俱欢颜，风雨不动安如山……"

——杜甫《茅屋为秋风所破歌》

行在香港

　　香港的交通费较之内地贵了许多，一个家居与上班地点不是很远的人，每月仅用于上下班的交通费约在 500～800 元之间，若距离远，那差不多就要上千元了。

　　香港的交通设施及线路配套科学有序，公交车可谓四通八达，地铁纵横交错，换乘方便，且无论公交车还是地铁都有空调，夏日凉爽宜人，因此上班族多选择公共交通，省钱、省时、省事儿。所以，上下班时间的地铁站，也是人满为患，但良好的秩序和礼让，使得这拥挤也变为有序。香港人的排队意识是自觉的，无论是公共交通、"打的"，或是任何有需要排队的事儿，很少见一窝蜂的拥抢，类似鼓浪屿轮渡厦门方向那的士站，恨不得要站在大街中央抢车的景象，这里看不到。我不敢说这是不是香港人的素质就一定高过内地，但至少是一种习惯——良好的、讲道德礼貌的习惯。这样的乘车环境，会让你感觉使用公共交通系统很方便，也很舒适，也因此打消了许多人买车的念头。

　　有车族并不意味每天会开车上下班，原因很多，主要还是费用的昂贵：汽油费、过桥过海底隧道费、泊车位……都是要考虑的因素。在香港买车是很便宜的，大概看了看，价格低于内地约1/3（或更多），但"买车便宜养车难"的现实，使得买车这件事儿像买房一样，变得现实、客观、冷静，更没人叫着劲地攀比，开什么车、住什么房、穿什么衣、吃什么饭，随便。

　　在香港最有特权的车辆是出租车，而不是行政长官或议员。他们出行，从不见警车开道，不声不响。唯有高官到访方才有交通管制，让香港人很反感，依他们说，就算是当年英女皇访问香港也没有过，如此特权当是咱们的"特色"了。在香港，除双黄线之外，出租车可以随时停靠载客，道理很明白：出租车就是要给用车人提供方便，特别要照顾到老弱病残幼和孕妇的需要，此类人性化的条例时时事事可见，在繁忙、拥挤的香港流淌着暖意，和谐温馨亲切。

小巴也是香港公众经常选择的交通工具之一，解决了搭乘公交车辆不方便的问题，我们也把它称之为"疯狂小巴"，但距内地小巴的疯狂程度还差着一大截。每个座位都设有安全带，靠近司机有一个行车速度显示表，以 60 哩/小时为最高限，且绝不超载。当然就其安全性来说，多少还是差些，也就很少搭乘。

经常会乘坐从"红磡火车站—迪斯尼"的地铁线，发现从站台到列车，到处都是告知不可在车上进食的宣传语，最初还没觉得怎样，但总觉得奇怪为什么其他线路少见？等我明白过来，着实又让我脸红了一下，原来这线路是内地游客去迪斯尼最常用的，那些大字宣传语显然又是有针对性的，这可怎么是好。

俗话说"没有规矩不成方圆"，但有了规矩还得有守规矩的人，否则哪辈子能成"方圆"？话又扯远了，不是在说香港的交通吗？但仔细想想，想要"行得通"，没规矩行吗？

跟着杂伴儿

世界杯开战

6月11日22时，东道主南非 VS 墨西哥的首场比赛，揭开了 2010 世界杯战事。若以战争来形容世界杯的话，我们宁可每天都有这样的"战争"，它带给世界友谊、平等、欢乐，它带给世界短暂的、战争暴力减少的和平。可惜它 4 年才有一次，可惜这场"战争"只有 64 场，1 个多月的时间。

是在码头附近的酒吧看这场球，为的是感受一下那热闹、热烈的气氛。当然，海风清抚、喝着冰凉的啤酒看球，是一种享受无疑。周边都是老外，电视转播也是英语，热烈的气氛是足够了，但总是缺少那种与好朋友在一起，用自己熟悉的语言聊天评球的快感、尽兴。虽不是"独在异乡"，却仍有"为异客"的感觉。

除世界杯之外，平日里很少看足球是有原因的，看来看去都是人家的事儿，与我们无关，兴趣自然也就降低了。2002 年日韩世界杯，因主办国直接进入，中国队侥幸沾了个边儿进去了，却以惨不忍睹的结局打道回府。尽管如此，当年还是吹上了天，捧的那些球员忘乎所以，自以为中国足球从此跻身于世界之林，想想真是可悲，可恶！别看咱们的足球不怎么样，但吹黑哨、踢假球、球员在国外吃喝嫖赌却是一流，这也就难怪永远垫底，还不如处于贫困之中的朝鲜！中国足协的官员一个个成为阶下囚，看似大快人心，其实很悲哀，走马换将能给中国的足球带来希望吗？我看未必，不信走着瞧。

没有了祖国的队伍参加世界杯，看球的倾向性也就没了，所以每看一场球，还得先想想要倾向于哪一方，例如南非 VS 墨西哥，我希望南非取胜，毕竟他是东道主。当然，如果有葡萄牙参赛，我的倾向就会很明显，不管怎么说，我的血液里流淌着它的1/2。今日的葡萄牙早已不是当年那个称霸世界的葡萄牙，经济衰退、官员腐败、办事效率极低……但这个仅有9万平方公里，1000多万人口的小国，足球却永远名列世界前茅。这或许也是我对葡萄队情有独钟的原因之一。

中国圆了百年奥运梦，何时能圆世界杯梦？说不定百年都没戏。但也没关系，美国、俄罗斯这些大国都不是足球的强国，我们又何必勉强为之。

不如把"甲A"、"甲B"之类的联赛取消，不如让那些养着足球队的企业解散了球队，把那大把钞票拿去改善一下员工待遇。干脆让那些拿着大钱不干活儿的球员"回家种红薯"，到那时看他们还狂不狂，看他们还去吃喝嫖赌不！

父亲节的忏悔

母亲节刚过，6 月 20 日父亲节又来了。父亲节本可不过，但商家是不会放过任何机会的，每个节都有说法，每个节都要赚钱，但与我无关。

父亲是什么？是妻子的依靠，儿女的榜样，是一个具有责任心的、顶天立地的男人。

我不是。

荒唐的年代造成荒唐的婚姻，荒唐的婚姻带来一个还不错的儿子。那年我只有 23 岁，家庭是什么？父亲是什么？责任是什么？都是懵懵懂懂（不是绝对理由）。儿子就交给了老母亲，从婴儿带到成年，所以我没有当父亲的感觉，反而让我和儿子变成了朋友，如今他 40 多岁，亲切地叫我"爸"，但在我心底的深处，我们仍是朋友。这或许是借口，可以让我解脱从未尽父亲义务和责任的内疚，这或许是让我唯一能心安的理由。我忏悔。

儿子有了儿子，叫我"弹琴爷爷"，却找不到当爷爷的感觉，又因很少见面，偶遇像陌生人，"功课好不好？""你得好好学习，别光顾着玩儿啊！"，全是废话套话。没当好爹，更没当好爷爷。我忏悔。

多年从事教育工作，身边有一群年轻的老师，一批又一批活泼可爱的学生，我试图尽心尽力，尽我所能帮助他们、爱他们，但自觉做得远远不够，如果以父亲相称，仍是很不称职。我忏悔。

梦境一：深夜婴儿在啼哭，他看看熟睡着的妻子，轻轻爬下床，为婴儿换好尿布，又轻轻睡下。

梦境二：他把做好的早餐端到正在喂奶的妻子面前"Morning Dear"。

她婉然一笑，是最甜蜜的回答。

梦境三：他坐在孩子的床前，讲一个童话故事，读一段有趣的寓言，直到孩子睡着。他俯下身亲吻那稚嫩的脸，走回到妻子身边"睡了，好甜"。

梦境四：他牵着孩子的手到校门口，"去，好好读书，下午爸爸来接你"，望着孩子的背影，他舒了口气，有点儿累，但好幸福的感觉。

梦境五：妻子靠在他身上望着远去的列车落泪，"哭什么？他是去读大学，放假就回来了。他走了，还有我嘛。"他把妻子紧紧地抱在怀里。好温暖。

梦境六：他搀着女儿走上红地毯，把女儿的手放在另一个可以依赖的男人手中。"孩子，祝你们幸福，就像我们一样。"

梦境七：长椅上，一对头发花白的伴侣依偎着，"该给孙子起个名"，"算啦，别再操心了，那是他们的事儿"。

……

这是一个甜蜜美好而不属于我的梦。

这是一个属于更多父亲真实的，而非梦境的生活——只要你珍惜并爱着。

七比零

世界杯小组赛葡萄牙 7：0 大胜朝鲜。朝鲜队输给葡萄牙队在意料之中，但如此悬殊的比分却是没想到。此战的胜利，为葡萄牙晋级奠定了基础，本应当很开心，却因为输的是那可怜的、每个月仅有几十元工资、不能吃饱肚皮、没有一双标准足球鞋的朝鲜队，又担心着他们回国之后会不会去"挖煤"，那股子高兴的劲头儿也因此降低了许多。如果葡萄牙队的这场胜利是战胜中国队，那我一定就会非常非常开心了。是有原因的：

试想，如果中国队的球员每月拿几十元的工资，他们还会踢球吗？

试想，如果中国队的球员都是饿着肚子，他们还能跑满 90 分钟吗？

试想，如果中国队输了球就罚去做苦力，那些球员就会因此变为敬业吗？

……

就是这样一支朝鲜足球队，凭自己在亚洲的实力而不是靠侥幸走进了世界杯，除了佩服之外，我们还能说什么？

朝鲜足球队能做到的事情，中国足球队连边儿都不沾！所以我真的希望是葡萄牙 7：0 胜中国队（至少说明中国队还能跻身世界杯），这样的教训该给中国队，而不是朝鲜队。

当然，胜负必定是有原因的，对朝鲜队惨败也不必有太多的同情。这是因为他们不讲科学、不按规律办事；这是因为他们有太多的"主义"、"口号"而缺少了求真务实，缺少了那种面对世界强队所必须有的从物质到实战的准备。世界杯是公平公正的，它靠的是实力，而不是口号或想当然，更不是靠"输球就去挖煤"的惩罚。朝鲜队的失败，是输给了自己，而不是输给了葡萄牙。如果，他们以客观的态度对待这场比赛，稳健防守伺机反攻，而不是大打攻式足球，或许不至于输得如此悲惨；如果，他们的比赛没有在国内被吹捧到神话地步，球员们也就不会有那么大的压力；如果他们能吃饱、有像样的足球鞋；如果他们能够有足够的财力为后盾……

看看巴西、阿根廷、葡萄牙等足球强国，在球场上如行云流水、淋漓酣畅，那种自信、自豪与敬业，远不是中国队可比的。那些身价千万的球员，对得起他们的高薪，对得起人们对他们的尊敬和喜爱，因为他们热爱足球、热爱他们为之奉献的事业，这又远不是中国的球员可比的。

球赛如此，事业如此，靠的是实力而不是吹嘘；靠的是真才实学而不是"主义"、"口号"；靠的是对事业执着的追求和敬业而不是站在亭台楼阁上的幻想。

朝鲜队要离开南非了，但人们会惦记着他们。葡萄牙队可能晋级，无论此后还能走多远，人们会依旧喜爱他们。

世界杯4年一届，希望2014年的世界杯，我们还能看到朝鲜队的身影，祝愿他们回国仍是踢球而不是去"挖煤"。

中国队呢？2014年的中国队又将如何？不如先去挖煤，到时说不定还有戏！

我呢？会继续关注葡萄牙队的战况，至少当我的一半为中国队感到悲哀时，另一半仍会为我的 Fatherland 骄傲着。

热不着

夏天香港的气温与厦门几乎相同，但很少有时间会感觉到热。

细说：一应交通工具全部有冷气，下楼就上车，下船再上车，直到目的地，不会觉得热；逛街随时会走进商店，每间商店又都是开着冰凉的空调；餐厅饭馆更是如此，就算是吃烤肉、打边炉，室内的温度仍会保持舒适。而上班族，无论天气多热，都一定要带一件上衣，男士们尽管西服革履，一天坐下来只会觉得凉而不会觉得热。而在家里，自然也会注意室温。如此这般，很少有大汗淋漓的时候。

香港人生活得太优越，他们对空调的需求远远超过我们这样的内地人，他们觉得室温合适，我们就一定会觉得太凉，你还没觉得热，他们早已耐不住了。这就好像香港人不太会爬楼梯一样，反正连二三层楼，也得乘电梯，楼梯仅是为火灾疏散而备。

其实我是有点儿怕热的，这"怕"是说心理上的怕，是因为当年在乡下给热怕了。想当初，炎热的夏日我们要"锄禾日当午"，在一人多高的玉米地里，一丝风也没有，等汗出到极致，就没了"汗滴禾下土"，那时，所有的汗毛孔会冒出一层盐，身上、手臂挂着一层薄薄的白色，被称之为"白毛汗"。当然，那年月根本还不知道有空调什么的，所以任"白毛汗"出个不停，也没抱怨，或想入非非。等从地里回到宿舍，用大桶凉水冲个澡，大呼一声"爽"，也就过去了。当然也多亏了年轻，反正年轻就天不怕地不怕的，晚上倒头大睡一觉，第二天照样精力充沛，再接着去出"白毛汗"。

也许是因为这，等回城后我是心理怕热，身体不怕热。当然，越来越

第二辑 香港闲居随笔

娇气也是一定的，没空调不行了，没冰箱不行了，不开车不行了……当然可以想想"要问苦不苦，想想长征两万五"，但话是这么说啦，等生活条件真的改善了、优越了，还有多少人会去"想当初"。人就是这样，生活往高处走容易，要让它降回去就难了，我就是个很好的例子，当我习惯了城市生活那一套，若让我再回到从前，真的是有点儿不敢想了。

得感谢鼓浪屿，让我重归"原始"：步行岛逼着你只能靠双腿，也就养成走路的好习惯，更锻炼了身体；7年半在办公室硬扛着夏日的炎热，也没觉得怎样，反会让我时时想起"白毛汗"，想想也就心安；为每日的上班，坚持"早睡早起身体好"；吃食堂或在鼓浪屿的小巷"打游击"："山西刀削面"、"煲仔饭"、"康师傅牛肉面"……虽是粗茶淡饭，却降低了患糖尿病的几率。

所以，来到香港，很怕又变得娇气，能让自己坚持做的，除走路之外，其它很难。总不能让人家把车里、船里的空调都关了吧？总不能让人家也跟我一起出"白毛汗"吧？总不能批评人家说你们的生活太"奢侈"吧？入乡随俗，被改变的只能是我，这的确令我担忧。也只能变着法儿的给自己创造点儿"条件"，变着法儿的"原始点儿"，但无论如何是回不到乡下和鼓浪屿时代了，所以若问我7年半的厦门生活最留恋的是什么，我会毫不犹豫地回答是鼓浪屿的"原始"。好在家住愉景湾，也是个岛，出门也得乘船，想走路也有着与鼓浪屿同样好的空气质量和环境，这样也就还可以时时被提醒一下："你得原始点儿！"

想起张贤亮在小说里用咖啡的"苦中带甜"比喻生活，是啊，没有苦，哪儿来甜呢?!

旅　游

爱妻裴放假了，我们开始讨论该去哪儿走走看看。

最初的想法（也是我一直以来的愿望）是去葡萄牙，但一想那 13 小时的飞机旅程就有点儿发怵，便暂时放弃这个念头，想好好计划一下明年从法国乘火车慢慢走、慢慢玩儿。葡萄牙不去了，就想到了东欧另一个令我神往的国度俄罗斯。问了多间旅行社，随旅行团出发不成问题，却不愿意被旅行团赶着跑，想改为"自由行"，但人人都反对，理由是"不安全"。

对葡萄牙的向往，因为它是我的 fatherland，总想着有生之年该回去看看，看看那个十三、十四世纪无比强盛，现如今衰败的国度，去感受一下那个热情好客民族的真谛所在，算是寻根吧。

而对俄罗斯的向往则是为着这个民族的伟大坚强，为它所孕育产生的那些伟大的文学家、音乐家、诗人。无论是沙皇、列宁、斯大林或是普京、梅德维杰夫，这些政治家在一个时代或被歌颂，而另一个时代却可能被否定，是啊，政治家就是这样的来来去去，但文学艺术的光辉却与历史同在、同辉。若我的俄罗斯之旅能成行，去红场、瞻仰列宁墓当是行程之一，但那更多是一种形式，我真正想要的，是走进他们的生活，贴进他们的艺术，去体验找寻那些伟大的文学艺术作品产生的根源，去感受那永存的伟大与不朽。

说到旅游，"旅"是要走，"游"则要看，想起我的太外公当年清朝廷放考到四川，著有《蜀辅游记》，从北京出发，一路乘船坐轿，走了 40 多天，沿途名胜古迹尽收眼底，这才叫旅游。现在可到好，几千公里的路程，10 几个小时飞到了，快是快了许多，但除了万米高空的蓝天白云之外，一无可看者，白白浪费了许多沿途的景致。所以才有人开车自助游，走到哪儿歇到哪儿，想看哪儿就停在哪儿，这还有点儿旅游的架势，当年乘轿，如今开车，都挺让我向往，真想试一把，也是有可能的。

前不久为一个导游强逼内地游客购物未果，而对游客出言不逊的事，在香港闹得沸沸扬扬，那导游也被停了牌。事后她接受媒体采访，道出实情，也颇引起一些人的同情。原来，那旅游团是零团费，300 元游香港！参加旅行团的人光图便宜了，却没想想这旅行社的利润、导游的人工从何而来，说来说去，事出有因，不能全怪那导游。当然，此类零团费的旅行团是一定要整顿，否则生意作不成，还得罪人不少，有些不太划算。

说回我们的旅游计划，讨论了许久，也跑了多家旅行社，但最终是哪儿也没去，原因很多，狗狗的寄养是首当其冲的问题，尽管如此，但我们觉得值。狗狗该是知道的，就算它一无所知，也没关系，爱本是不需要说得明明白白。

微　笑

——纪念外公俞平伯逝世 20 周年

　　身在香港，时时会想起 1986 年陪外公来此地讲学的情景，以 86 岁高龄访问香港，引起了香港各界的重视，更因他的到来，在香港掀起了"红楼梦热"，而他短短 7 天的访问被当地媒体称之为"俞平伯旋风"，也是实情。24 年过去了，有谁还会记得当年的盛况？唯留在我的记忆中，亲切、伤感。

　　4 年后的 1990 年 10 月 15 日，他因第二次中风离开人世，带着无数的遗憾和对《红楼梦》的挂牵。

　　20 年后的今天，回忆他最后的日子，有说不出的感慨和心酸，他被男佣抱到书桌前，已经变得迟钝的双眼却仍未离开摊在他面前的《红楼梦》的情景，仿佛就在眼前。那时的他神智不清，讲话也是断断续续，很难听明白他到底想说什么，唯有一句话被他不断重复："你要写很长很长的文章，写好后拿给我看"。当然，我无法搞清他要我写什么文章，且我清楚地知道即便是写好了，他哪里还有可能去看去改呢。几经反复，总算搞明白了他的想法：要重新评价后四十回！那时我真的想对他说"算了，外公，为这红楼梦您吃了一辈子的苦头，还提它做什么？"

　　我没能完成他临终前的委托，"要重新评价后四十回"，非他莫属，只可惜一切都太迟了。病前，他曾多次与我谈到"后四十回"的问题，思路非常清楚，他说："前八十回铺得太大，后面要收住，的确不容易。所以我说高鹗很了不起，你知道有多少种续书的版本吗？惟有高鹗是成功的。不管怎么说，红楼梦现在是完整的，如果只有八十回，红楼梦是否能有现在的影响都很难说。""续书中败笔是有的，但不要求全责备。高鹗若不做这样的事，别人做会更糟……前八十回就没有败笔吗?"。在访问香港的记者招待会上有记者问："有人说后四十回是高鹗续，有人说是曹著，俞老看法如何?"他回答说："我看是高鹗续作。后40回文字上是很流畅的，也看不出很大的漏洞，但关键是人物的观点和内在思想明显看得出是和前八十回不一样。但高鹗还是有功绩的，毕竟是把书续完了，而且续得很不错。"这一系列的谈话，与他早年否定后四十回的学术观点有明显的差异，是他晚年对红楼梦后四十回的重新审视和纠正，也展示了勇于修正错误的坦荡与真诚。只可惜，他晚年的学术观点从未引起过"红学界"真正的重视，仔细想想，除对他的批判"重视"之外，他又何时被重视过呢?

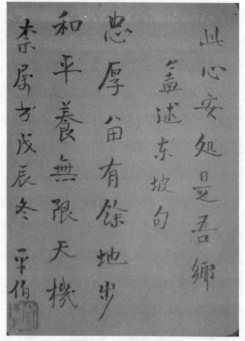

　　捡拾外公写给我的一副对联，那上面写道："忠厚留有馀地步　和平养无限天机"。这是他读苏轼《定风波 常羡人间琢玉郎》的感悟:

定风波 常羡人间琢玉郎 苏轼

常羡人间琢玉郎，天教分付点酥娘。自作清歌传皓齿，风起，雪飞炎海变清凉。

万里归来年愈少，微笑，笑时犹带岭梅香。试问岭南应不好？却道，此心安处是吾乡。

该可不必为外公是否被"重视"而有些许的遗憾或不平了。微笑，他带着微笑看这不平的世界，带着微笑走过 90 载，带着微笑和那颗永不泯灭的童心步入天国，去寻"西湖的六月十八夜"、"桨声灯影里的秦淮河"和"陶然亭的雪"……（注：三篇均为俞平伯散文）

本文发表于香港《明报月刊》2010 年 10 月号

第二辑 香港闲居随笔

算不上英明的英明

本是要去俄罗斯的，且已经基本确定了时间在 8 月 12 日前后。就在要支付旅行社费用的瞬间，脑子里不知怎的就冒出一个念头："不去"。现在想想，当时主要是听说那边旱情严重，气温高得反常，在这样的情况下，再跟着旅行团一定会很辛苦。决定取消行程后，心也就定了下来，大热天儿的，"一动不如一静"中国的老话儿总是有道理的。

接下来，到了 8 月初，就是众所周知的俄罗斯山火成灾，空气污染波及到全国，首都莫斯科也未能幸免。为此，香港发出黄色旅游预警，多个旅行团取消行程。看此间的新闻报道，听从莫斯科返港游客的讲述，心里暗自庆幸："多亏没去！可见英明。"其实哪里是英明，只是凑巧，或第六感略起作用。

由此晤出点儿道理：凡事不能强求。生活中的许许多多事情，我们无法预知未来，工作的选择、婚姻大事的决定、家庭琐事、重大决策……往往都不是我们能够左右的。但"不强求"或可消化许多潜在的问题或说是危险，"不强求"或可把我们引向一条正确的道路。这正应了中国一句老话儿："强扭的瓜不甜"。这之中，自己的感觉就显得十分重要了。

数年前，北京舞蹈学院赴美国演出，在高速路上发生重大车祸，两死数伤，都是 18 岁左右的孩子。这灾难本可避免，只为赶去下一个城市逛跳蚤市场，冒雪出发，雪地路滑，第一个车刹车，引起后面数车的连锁反应，这在当年是件轰动中美的大事。灾难也是出在"强求"！如果听有些人的建议，等雪停之后再慢慢走，年轻的生命便不会消失。

诸如此类的例子该有很多，如果我们细捡身边曾发生过的事，认真推敲，大概有许多不尽如人意的事情，都是与"强求"有关。

若能有先知先觉固然好，但很难。不由想到外公写给我的那副对联："忠厚留有馀地步 和平养无限天机"。前句说做人，后句讲心态。待人忠厚，便海阔天高，进退自如；心境平和，便可参悟许多"天机"。这是老人家倾毕生经验的总结，为我们指明了一条做人处事的通途。

我自诩第六感不错，细想不然。只是遇事总会想起外公写给我的这两句话，待人忠厚是我一贯的追求；遇事平和顺其自然，是我处事的态度，说白了就是对任何事都不"强求"。

尽管为没能去俄罗斯感到遗憾，但日子还长，机会多多。唯企盼那遮天盖日的山火能早些被扑灭，还古老的俄罗斯以往日的宁静。那边山火尚未扑灭，这边甘肃省舟曲县又发生巨大的泥石流灾害，死伤无数。去不去俄罗斯事儿小，爱护一下我们生存的环境，救救这可怜的地球是真，这绝不是杞人忧天了。

西游记

　　这西游记不是那《西游记》，没有孙悟空、猪八戒、沙和尚，只有爱妻一路相伴。是我的西行——甘肃天水，爱妻裴的故乡。

　　"有龙自远方来，天水注"，天水因此得名，可见那地方的水有多么的好，也就难怪天水的女子皮肤白细，美女云集了。

　　自与裴结婚后，几十年从未去过她的家乡，而她因忙着，也有10多年未曾回去了。为狗狗找到了较为理想的托养处，便临时决定走一趟西北。9天往返，时间相当紧张，更何况没有直达的飞机，要先飞西安再转乘约4小时的火车方能到达。

　　天水地处西安与兰州的中间，是座有着悠久历史的古城，也是丝绸之路必经的重镇。它是中华民族人文始祖伏羲的故乡，伏羲是我国古籍中记载的最早的王，所处时代约为新石器时代早期，他根据天地万物的变化，发明创造了八卦，成就了中国古文字的发端，也结束了"结绳纪事"的历史。他又结绳为网，用来捕鸟打猎，并教会了人们渔猎的方法，发明了瑟，创作了《驾辨》曲子，他的活动，标志着中华文明的起始，也留下了大量关于伏羲的神话传说。天水市便以伏羲文化为龙头，辅之以中国四大石窟之一的"麦积山"，可追溯到汉代的"玉泉观"、"南郭寺"……以此构成了一个既有历史文化，又有景观的旅游圈，吸引着四方来客。

　　然而不管怎样，这还是一座地处偏远的小城市，物价便宜、生活闲适，除350万的人口要比厦门多之外，人们的生活状态和生活素质多少与厦门有些相似，当然食物不是以生猛海鲜为主，但小吃品种之多之美味，令一向喜吃的我大饱了口福，不过若不能吃辣，其美味的程度便会大大降低。小吃多以粉面为主，各种饼烙得劲道喷香，面条种类繁多、五味俱全，更有那些诸如"呱呱"（读 gua 三声）、"锅灶"等小吃，我非但形容不出它们的味道，更无法讲述它们的做法，这些非得身临其境，吃了方知其妙。

去天水的时候，正值"舟曲"泥石流灾难。等到了天水，又逢周边几个县大水成灾，这令家人和朋友颇为我们担心，甚至打电话叮嘱赶快离开，而身临其境的我们并不觉得，市区内除救灾的标语和通往灾区的道路指示标之外，人们安居乐业，并无异常。听家人讲"汶川地震"那年，天水市也被摇晃得天旋地转，说是若再多上几秒就很有可能成为第二个"汶川"，然而恰在此时见一道祥光从"伏羲庙"闪出，天地立刻停止了晃动，始祖保佑应是人们美好的愿望，但天水市在多次临界的灾难中安然无恙，或是风水宝地的必然。

一周时间，与家人团聚、游天水名胜、品尝各种小吃；夜晚临河闲坐，听地方方言、赏秦腔的豪放。不见了香港的繁华与繁忙，不见了北京无序的庞大和塞车的壮观。悠闲中体会这西北小城的不慌不忙与它厚重的文化底蕴，抚今追昔，感慨万端。

一方水土养一方人，世界如此之大，很难说出哪儿好哪儿差，但我喜欢天水，这当然与它是爱妻裴的故乡有关，但绝不仅仅为这，那我到底喜欢它什么呢？说不出。说不出就说不出吧，爱一个人，喜欢一个地方，你哪能事事都说得清楚明白呢？

跟着杂伴儿

第三辑
旧作重拾

跟着杂伴儿

随外祖父游香港七日琐记

遵外祖父之嘱，访港期间的日记由我代笔。为记录方便，全篇以老人为第一人称。此文经过外祖父细阅、修改，并题篇名，对我期望即此可见。书后并记。

1986 年 11 月 19 日　星期三　晴

晨 5 时许起床，奈即来相助穿衣。早点吃陈曙辉昨日送来的蛋糕，喝咖啡。全家均早起。6 时 30 分，乘文学所车往机场。长女成及陆永品、郑重先生送行。自三里河寓所至机场，仅 40 分钟。清晨车少，时速颇快。从三妹处借的轮椅推入机场大厅，方知航班延迟至 12 时 50 分。返回颇麻烦，久坐亦不是办法。正左右为难，韦奈主张去机场附近宾馆休息。租得房间半日，有床可躺，并可饮茶，此法甚佳。在宾馆内看《文汇报》记者郑重先生所写《京华无梦说红楼》。卧床小憩约 2 小时。尚未抵港，已换环境；尚未动身，已有插曲。11 时许在房内吃买来的快餐，面包硬且凉，充饥而已。11 时 30 分再抵机场，海关处他人不可入，只有奈左右。

过海关手续简便，且有中国民航管理局郑欣陪送，直到我们入机方才离去。机组人员亦很热情，邀至头等舱入座。飞机午后 1 时 5 分起飞，平稳无异常感觉，似不动亦不向前行，与 50 年前乘机大不相同。起飞不久，便送快餐及饮料，且有甜食。饭后小憩。3 时 50 分抵港，飞行 2 小时又 45 分钟。科学发达，似将世界缩小了。

下飞机需步行十数级舷梯，有人扶送，不觉困难。入境手续办约 10

分钟。出机场，有中华文化促进中心总经理杨裕平先生、高级行政主任赵小霞小姐、三联书店副总经理杜文灿先生、韦梅夫妇十数人来接。坐轮椅上与之握手，遂搭小巴至下榻处"亚洲酒店"。

住 1501 房间。二床，小书桌靠窗，另有沙发、衣柜。房间不大，却合我意。衣柜上放在三联书店赠送鲜花篮，皎洁可爱。奈与赵小姐、耀明安排日程，并接受记者采访。我与大家略谈。6 时许，诸君相将告辞，由三联书店张志和先生延至一楼晚餐。有虾、鸡、乳猪等。清淡味美，服务周到，与内地不同。水果有奇异果、木瓜，五色鲜艳悦目，北方未见。

饭后奈与韦梅、先平外出散步，我即睡下。旅程十馀小时，不觉疲倦。

北京久居，很少活动，此行更换环境，耳目全新，想对身体有益处。"亚洲酒店"地处跑马地，跑马场与之毗邻，恰逢有马赛，临窗远眺，灯光照如白昼。

11 月 10 日　星期四　晴

6 时许醒，睡眠甚好，不异家居在京时。昨日阴，今晨放晴。7 时半至一层餐厅饮茶，点心三种皆美味。9 时有三联书店《读者良友》月刊主编李文健先生来访。李先生很年轻，举止谈吐大方。回答问题一、二，即由韦奈相陪，我则卧床休息。二个青年人谈话似很投机。10 时先平来，带报纸多份，看有关消息。来港一事报道详尽，文字活泼、流畅。在港要配眼镜一事成大新闻，说是要"好好看看香港"，有趣。韦梅 11 时自上工处赶来，据讲，她在工厂担任重要工作，颇有成绩，可慰可慰。

乘先平公司郑大川先生家车出游，俾得畅览市容。车如流水，楼房林立，只是走马看花耳。至中环"茂昌眼镜公司"验光配镜。有顾客认出我，据云已在报纸上见过照片。验光不复杂，大夫讲因稍有白内障，配镜后作用不大，仍拟配一副。

午饭在"巨龟庄"吃韩国烧烤，罗先平请。餐具均朝鲜式，别具一格。餐桌中置一铜盘，上置水，下有煤气火，放虾片、鱿鱼片、牛羊肉、鸡片于其上烧烤之。虽有烟，却被炉盘上方一精致小烟囱抽出，设计合理，又颇洁净。午餐吃至午后2时，在京所未有。

饭后乘车往新界沙田韦梅寓所，过海底隧道经九龙，穿狮子山隧道抵。此地人、车皆少于市区，空气新鲜。梅住沙田第一城，室小而精。在安安小床休憩得眠，亦难得也。

6时，仍假郑先生车往九龙尖沙咀一家上海菜馆晚餐，大川伉俪盛情邀我品尝家乡菜。许晴野先生作陪。他和奈、梅也很熟。菜精美，蟹、鱼、烧二冬均佳。尤以海蜇头为最，鲜嫩无比，久未吃过。菜丰盛，不敢多吃，每样一点儿，便很饱。自饭店步行十馀级台阶出至大街。扶街旁栏杆观街市夜景，霓虹灯广告比比皆是，金铺中珠光宝气、富丽堂皇，守门者多为印度人，此已久不见。郑先生亲自驾车，送至酒店，殊不敢当。香港夜景之明，留下深刻印象。各种服务热情周到，此种事虽小，亦很重要，可由小见大。

晴野与韦奈坐谈，随后潘耀明偕夫人颜惠贞来问候，余适已睡，未得晤，为歉。与耀明往来多年，年轻有为，此行他出力非少。

11月21日　星期五　晴

晨5时30分即起床，为明日大会书写祝词：

其一：世界和平　海内一家

　　　　发扬文化　光我中华

其二：耳目聪明　血气调均

　　　　移风易俗　天下皆宁

第二句原为"血气和平"，与上文重复。原是旧稿凑合。写字眼光差。然韦奈说"写得特别好，可见外公来港后身体、精神都有进步"，或是实情。《东方日报》约奈写千馀字给香港青少年。因此间中学语文课本选"桨声灯影里的秦淮河"，我为题"千里之行起于足下 赠香港青少年"几字。此句曾为宁宁学校写过。青年们刚刚起步，脚踏实地，努力学习为要。为奈文题名"晨光 Morning"，以寄此情。

8时早餐。餐厅人寥寥，三样小点心均好，送三回热毛巾，此种服务，内地不见。9时许梅梅、先平来。先平陪奈上街购物，我则与韦梅闲谈，了解一些她在港生活工作情况。因下午有记者招待会，不外出，仍在酒店用餐，有小碗鸡丝鱼翅。

2时30分有张志和先生来接往参加记者招待会，在中华文化促进中心会议厅，地处港澳码头，一路顺观市容。

记者约三四十人。杨裕平、潘耀明二先生、我和韦奈4人在台上，面前置麦克风。讲几句开场白："第一次来港还是1920年的事，66年后重访，完全不认得了。因口齿不清，下面由外孙韦奈代讲。多谢中华文化促进中心、三联书店热情接待。多谢各位光临，谢谢！"接下由韦奈讲。内容有三：一、来港前后之经过；二、"文革"后我的情况；三、对香港的印象及其他。奈讲得清楚且活泼，席间时有笑声。随后有发问者，多由奈和耀明代答。会议约半小时。结束后由梅、先平陪我回酒店休息。奈留下继续谈话。待他返回已近6时，看上去疲惫。梅告我说"哥哥不舒服"，此行的确辛苦了他。

6时，香港中文大学郑子瑜先生十数位来访。在京时郑曾来三信，并赠诗，极为热情。各位都来合影留念。中有自台湾来港者，在中文大学任教，可谓海内外一时之盛。房间不大，人多不宜久留。即同去"菩提素食馆"进餐。承子瑜先生盛情款待。全席素菜，风味特殊，精洁之至，主人考虑甚周，藉得畅谈。座间有梁通先生出示有关黄公度之资料、照片。他属我题纪念册，即诺之。晚餐14人，中有明日讲座主持黄继持先生，及梁通、卢玮銮、黄维梁、潘铭燊、吴宏一、陈可焜、梅挺秀诸先生，大都中文大学人士。

11 月 22 日　星期六　晴

晨起，韦奈拿些书来，属签名者，皆允之。随又为梁通先生书黄公度《人境庐诗草》"我手写我口，古岂能拘牵"二句。为开好大会，上午休息，不会客。梅要我睡一会儿，然并无困意。

中午许家屯先生在一楼餐厅别室设宴。我一家 4 人外，有新华社宣传部长张浚生先生及崔绮云女士。与许先生虽未识面，而久仰大名。他和圣陶很熟，常闻名论。许先生年近七旬，精神很好，健谈，身负重任，工作繁忙，乃蒙亲自招待，如此厚情，何以克当。敬呈一字幅，以表寸忱。

下午为座谈之日。不知效果如何，只恐有负众望。2 时 30 分张志和先生来接，告知下午有马赛，恐"塞车"宜早行。乘的士往文化交流中心会议厅。乘轮椅进入时，见人很多。据云一厅已不够坐，遂另开一室，以闭路电视传之。如此重视，为之感动。

讲台右侧为黄继持先生，主持者居中，左有奈。黄先生开会，介绍情况，其后由我先致辞："这次来香港，承诸位光临，无任感谢。敬祝大家身体健康，事业胜利。"其后即说《红楼梦》。我的讲稿略说三种版本，依先后排列，若依历史回溯，又恰相反。

（一）百二十回—七九一程伟元、高鹗晚年清金玉缘本，我儿时所读。（时 1911 年，辛亥革命）

（二）八十回，署年不详，戚蓼生序，有正书局石印本。狄楚卿字平子，题"国初抄本"，假托，亦有些意义，约与金玉缘本先后。（1911 年）

（三）甲戌本十六回，1754 年，残存又分三段，称脂砚斋，胡适藏，1927 台湾复制，后又翻印。甲戌有优点，比庚辰本好。此外有苏联列宁格勒本。第七十八回芙蓉诔中有重要异文——第七十八回芙蓉诔为晴雯诉不平，且以"羽野"、"鲧婳直以亡身"为比，诚为特笔。后文又有：

"箝诐奴之口，讨岂从宽；剖悍妇之心，愤犹未释。"有似破口大骂，不像怡红口气。但各抄本皆有之。近传列宁格勒本无此四句，或与作者原稿有关。待诸家讨论，亦新闻也。

接下即由韦奈代读"评《好了歌》"、"索隐派与自传说闲评"，他并未全照念，且稍有发挥，亦还妥当。我不时插上几句话，使气氛活泼，不拘谨。事后韦奈对我说，他见我开场自如轻松，不拘一格，遂改变了照读的作法。能见机行事，亦算聪明。

讲完后，会场有提问者。问题皆写在纸上，原只准备回答两三个问题，却一下答了约30个。问答内容报纸有刊载，不再记述。随后将在北京准备好的二幅字，分送两家主办单位。一条写"以文会友 促进交流"，赠中华文化促进中心；另一条"读者之良友"，赠三联书店。对方亦有礼品回赠，为金笔和蒸馏咖啡壶。讲座结束，求签名者挤满桌前，逐一应之。

在文化中心小会议室小憩，幸会马蒙、饶宗颐二教授及陈正方先生、吴康民先生，几位均属高龄，能与之见面，实非易事。喝咖啡闲谈约半小时。

返回酒店休息。会议历时两个多小时。有些疲倦，心情很好。奈、梅、先平更是兴奋不已，言从未见我如此幽默健谈，且能迅速回答诸多问题，极为佩服。韦奈连声说："外公真棒！"喜悦之情溢于言表。几个月来，为此事忙碌，能获成功，怎不兴奋。总算不负从望，我亦心安。

6时，奈、先平之好友赵翊来访。他是韦奈童年朋友，曾一起搞音乐。后到香港，与韦梅、先平情谊甚厚。他母亲早年我见过，与周铨庵很熟。赵翊邀吃晚饭，在一日本餐馆名"水车屋"。日式小房，中设一长桌，我们围坐三面，桌中央为一钢板。不多时，有一戴白帽之厨师来，燃火于钢板之下，开始烹调。先置油于板上，待油熟后浇白兰地，顿时小火一团。赵翊告我，这是噱头。随后当场表演活烹龙虾与蔬菜，并将手中刀铲舞动，前所未见。牛肉、调味亦佳。此餐闻赵翊破费颇巨，赵说他是小辈，应尽此心的。只有领情而已。

饭后，韦奈、先平同去赵翊家小聚，由韦梅及其子罗思惠（安安）相陪。梅梅通话给成女告讲座成功之喜讯。我卧床上，旋即入睡。

11 月 23 日　星期日　晴

晨 4 时 30 分起床。奈拿纸来，要我为《新晚报》写几个字。他告诉我，下周六该报《星海》栏将全版发有关我的文章，其中有韦奈文二篇、耀明一篇及其他。我写"旧地重游"四字。又看新华社副社长陈伯坚先生昨日会场即席速描之画像，神气颇似，拟挂京寓客厅内。

读陈辉扬《金声玉振　条理始终》一文，对列宁格勒本"芙蓉诔"文独缺四句，陈已迅速校对各本，证明我说不错。22 日讲后，次日立即写就，文字可喜，又多赞颂之词，未免令人惭愧。

9 时，耀明来陪我们游太平山。乘的士上山，树绿天青，空气新鲜。香港司机技术甚高，路狭车多，然车速快且稳。搭的士更为方便，招手即来，不挑肥拣瘦，收费合理。社会服务管理得法，内地颇可学习。至山顶，见一绿色缆车缓缓上山。此地六十馀年前曾到过，以缆车上山略有印象。手扶傍山栏杆远眺，有薄雾，视力欠佳，只得见香港岛楼群林立。时逢星期天，游人很多。随后乘电梯至楼顶餐厅茶点。傍窗小坐，其时天渐放晴，九龙岛隔海隐约可见，偶忆杜甫句写出，即为潘君诵之："春水船如天上坐，老年花似雾中看"。后句近似，上句写闲适之意耳。因中午有饭局，不敢久坐，即迅疾下山，回酒店休息。

午饭在"艺术中心"内"景福茶寮"。来者多为中国作家协会香港会员，有文汇报社长李子诵先生，大公报副社长、总编辑李侠文先生及金尧如、吴其敏、刘以鬯、陈凡、何达、曾敏之、罗忼烈、彦火（潘耀明）、梁羽生、潘际炯等，济济一堂，备荷诸君盛情，惟有惭愧感谢耳。

5 时同家中人到潘寓拜访。耀明家居北角，为近月新近迁入之新居，房间很大，布置典雅，客厅悬挂我庚申年给他的"酒绿灯红"联，那还是他搬入"太古城"时的事。潘太太精明能干，为人热情，款待甚周。我在廊沿摇椅坐观海景，怡然自得。奈与梅去不远处看望他们的祖母。不久，忽见他俩陪一老太太来，知是亲家母来看我，十分惊奇。长女俞成在昆明结婚，我与亲家母没见过面，想不到时隔40余年，在港晤面。若非她家与耀明寓所毗邻，见面亦难，非天意而何！老亲家小我3岁，不似其年龄。步伐矫健，听力亦佳。照相留念。亲家坐不多时即告辞，留她共进晚餐，言晚饭食少，不陪了。此事实我家罕见又难得之事！耀明晚饭约到"东亚皇宫酒楼"，遇台湾施叔青女士，坐我右侧，为小说家并主办杂志。人很热情，并期后会。

归后，大家仍很兴奋，与奈、梅谈话，往事如尘，恍如隔世。我曾讲过此行有"天方夜谭"之感，这次与亲家见面更有神秘感。真所谓"一叶浮萍归大海，人生何处不相逢"也。拟托韦梅稍呈酒品，以表敬意。

11月24日　星期一　晴

晨起，题"香港文学两周年纪念"。有马力先生来访，是基本法咨询委员会副秘书长，年轻，很能干，且喜《红楼梦》，所谈观点不俗。在港每见青年人担承重任，如耀明、裕平、赵小霞者。此为社会发展希望之所托。

奈、梅、先平帮忙收拾行李，明天将回京。自往跑马地宏德街"亚洲酒店"，瞬届一星期，不免打扰，为题写《左传》句："虽一日必葺其房屋，去之如始至"，以留去思。

午饭在地下室的西餐厅。需步行十数级，要人扶持。午餐只我一家4人，坐地舒适。吃匈牙利牛肉汤、厨师沙拉、大虾及冰激凌。我夙喜食，亦稍过量。午后，韦奈、先平为我取眼镜，旋即退掉，先平说制作未工，分量过重，我很同意。先平为购得一手表，"精工牌"，表薄、刻字清楚，不用上弦，于我最宜。他们外出时，梅在家，梁披云先生来访，为我多年老友。此次专程从穗赶来会面，几乎错过。即将转回澳门，临行惠贻港币，甚感。

晚，三联书店设宴饯行。动身前接到电话，知费彝民先生在北京开会，专电问候。在港期间未及会面，甚为怅惜。7时抵英皇道之"敦煌酒楼"。下车时不慎将轮椅一块踏板丢在的士上，只见奈、梅拼命追跑，不知何事。总算追上了！此事可谓惊险矣。若不是逢"塞车"，的士早已飞无踪影，何处寻它。轮椅本是借用的，丢了踏板，如何交待？

饭前，赵小霞小姐将近两个月的有关剪报复印成册送我，有厚厚一本。为我阅读方便，已将其放大，考虑可谓周到。

晚宴两家主办单位负责人均在座，裕平先生有事来得较晚。席间致辞，表示感谢。菜丰盛，不敢多吃。小点心制作精美，"敦煌玉兔饺"形象逼真。饭后，耀明夫妇邀韦奈外出。我由梅、先平陪至酒店，为时已晚，稍觉疲乏。梅未敢远去，借寓席地而睡。奈归来，一宿无话。

11月25日　星期二　晴

3时30分即醒，行装已收拾妥当，计4件，中有托带者。10时赵小霞小姐、张志和先生等人来接，郑大川先生仍倩车送我。10时30分动身往"启德机场"，与送行亲友在大厅摄影留念。来去匆匆7日，承大家盛情接待，只紧紧握手，临别依依，不知讲什么才好。奈亦很激动。

有旅行社工作人员送至候机大厅后离去。口渴，奈为买可口可乐。飞机迟飞35分。旅客满座。近舷窗，略可见飞行情景，不如来时之绝无所知。升至万米，上青下黄，有"天地玄黄"之感，舱内恒温，不觉气温变化。

飞机着陆，承郑欣将家中送来的大马褂携入舱内，至大厅后渐觉腿部寒冷，又以羽绒服盖脚。候行李费时，遂兀坐寡言。回寓所时，与润民、正华、陈颖同乘文学所派来小车，陈怕我冷，将她的背心给我盖。永品、郑重、郝敏、成、欣、奈及同事潘志涛褚君携行李另乘一面包车。

5 时抵南沙沟寓所，时已曛黑。离家 7 日，一切如旧，合家团聚，倍感亲切。此行圆满，老作佳游，备承照拂，诚生平之幸也。

谈弹琴

这题目读着实在别扭，可再也想不出更好的。本来嘛，在纸上用笔如何弹得钢琴？不是谈又是什么？

一、我是个弹钢琴的，从 6 岁开始，弹了 40 年，从乡下回城以后为了"抢回失去的时间"、"逝去的年华"，也着实每天 8 小时、10 小时地弹了好大一阵子，近来突然变了，不喜弹琴，专爱谈琴，大有弹不成个钢琴家，却要借谈琴卖弄一番之嫌，却也管不了那许多。

二、先谈我弹钢琴。40 年前学琴的，无疑是"贵族"，每个月 10 元的学费，在那时算得上是天文数字，更何况还要买琴！6 岁的我，不知为什么要弹琴，调皮捣蛋弄虚作假自不在话下，为此吃足了老娘的鸡毛掸子扫帚疙瘩，以至"遍体鳞伤"。不想竟也不太吃力就学会了弹琴，且弹得不错，feeling 尤佳，于是踌躇满志。无奈"贵族"后来颇不吃香，是与傅聪跑了有关，所以"政审"特严，便与音乐学院无缘。说也是，你傅聪倒是颠儿了，我找谁去？后来赶上"文化大革命"，干脆修理地球去了，甭说弹琴，谈琴也没门儿！总算还好，靠那点儿童子功，最终总算迈进了音乐学院的大门，在北京舞蹈学院当上了老师，吃上了这碗钢琴饭。于是闭门谢客，大弹不止。

三、弹着弹着，突然发现外面的世界竟不是这么个玩儿命的弹法！正当我两耳不闻窗外事，一心只弹圣贤琴的时候，有友人来问，某酒店咖啡厅要找个弹琴的，一小时 10 块，去不去？愕然之余忙答曰"不去不去"，其实还是去了。那场所乌烟瘴气酒气熏天，哪个要听你弹琴？BP 机滴滴、大哥大滋滋、打情骂俏、讨价还价之声，早把巴赫、贝多芬、老柴吞掉。心里就大不平衡，倍感凄凉，友人劝解道：想那么多干什么？挣钱是真的！

钱是真的！没它得饿肚子，没它打不起"面的"……得！弹吧！

就这么着，我"堕落"了。于是开门接活儿，大弹不止。

四、这一弹就是好几年，尽管心理不平衡，老大不愿意的，但钱是好东西，也就任其"堕落"下去。久而久之，弹上了一群朋友，有老外、教授、官商、倒儿爷……有请喝酒的，有送奶油蛋糕的，有大把甩小费的，这倒是省了我的夜宵钱。于是总要应酬应酬，给人家点儿面子（谁给谁面子啊?!），便在间歇时与之坐谈——谈琴。一谈才知道，人家都喜欢音乐，都有学习音乐的历史！原来"风雅"是有钱人的事儿，我还傻帽儿似的自命不凡，不知天高地厚。真是不谈不知道，一谈吓一跳。心理也就平衡了，弹呗！

五、没想到谈着谈着，竟谈出了个生意，说是可以办个琴行，卖琴之余弄个音乐沙龙什么的，这可谈到了我的心坎儿上，眼瞅着我不也就"下海"了？咱不也就能弄个大哥大什么的过把瘾，火火地也过上一阵子？越谈越来劲，跟真事儿似的。敢情"侃"着容易，做着难，这才明白为什么"侃"气成风，给自己吃开心丸儿呢！越谈越发现自己不是做生意的料，说的也是，都下海了，谁去弹琴？得，还是少谈琴多弹琴吧！

六、弹着弹着，就谈出了学生。几十年前的贵族艺术，现如今早已飞入寻常百姓家，小娃娃学琴"热"及京城，于是也去凑凑热闹，开门收弟子。从教小娃娃弹琴，得到乐趣之余，亦烦不胜烦，于是又要谈琴：弹琴是个苦差事，天赋、勤奋、扫帚疙瘩鸡毛掸子缺一不可，孩子学琴需要家长配合……可如今的独苗儿们？唉！又要上学，又要弹琴，还有什么奥林匹克数学班、绘画、游泳、武术、芭蕾班乱七八糟的，我可不想当现如今的娃娃，太累！于是与家长谈，不必勉强，顺其自然，钢琴家并非人人做得，我就不是钢琴家等等。艺术可不是赶时髦，望子成龙故然不错，可您也得瞅准了他是哪一方的龙！别逼我们的娃娃行不行?!给他们多点儿时间去玩玩，孩子嘛！当然，弹琴的人多了，将来谈琴就容易了，没准儿严肃音乐就景气了？不过，话还是得说回来，娃娃都不弹琴了，我上哪儿去收学费？还是弹的好，而且最好是找我，因为我至少不挣昧良心的钱，不误人子弟。

七、我为弹琴吃尽了苦头，可还是喜欢弹琴，问我下辈子干什么？答曰：弹琴。只要不再有"文化大革命"，下辈子我一准儿是个钢琴家！

弹了 40 年的琴，谈琴还是头一遭，谈不好瞎谈，您多包涵。

1994 年 12 月 13 日《光明日报》

忆中的思绪

在外祖父俞平伯所著的《忆》里，有这样一段文字："春天是惆怅的，夏天是烦倦的，秋天是感伤的，冬天是严肃的。我想：从惆怅可以得温柔，从烦倦可以得茂盛，从感伤可以得爽快，从严肃可以得窝逸……"于是，我便把这番话理解为：春天是温柔的，夏天是茂盛的，秋天是爽快的，冬天是窝逸的。这样的诠释，使我们清楚地看到了作者辩证的思想方法和他对人生积极乐观的态度，你看：春天的惆怅变为温柔，夏天的烦倦变为茂盛，秋天的感伤变为爽快，冬天的严肃变为窝逸，这是何等的潇洒风流！人生，并非时时事事尽如人意，然而，若能以一种豁达洒脱的心境面对，方才能领悟人生的真谛和乐趣，才不会为些许琐事烦恼，以至于不能自拔。

我一直在设法寻找一些恰当的文字，来解释"窝逸"这个词，却不能。然而却有一种很贴切的感觉：冬天的北风，呼啸拍打着高粱纸糊的窗，房屋中的小火炉上，一壶"滋滋"做响的水冒着热气，几块红薯烤在炉台上，甜甜诱人的香……家人围坐，海北天南，没有电视的噪杂、没有电话的干扰，只偶尔从墙外传来"萝卜赛梨——"、"驴肉——"那被拖得长长懒懒的叫卖声。这情景恐怕非"窝逸"而不可了。却偏偏感觉又是"忆"，且只有在忆中找寻了。

现代化的都市生活，给我们许多新鲜的乐趣，日新月异的科学技术，为生活凭添了丰富的内容，但无论如何，取代不了人们"忆"中的情趣，这也许正是怀旧风日趋流行的根本所在。前不久，有机会去外祖父的故乡浙江德清，一个水乡小镇。恰住进一家紧靠运河的旅社，那忙忙碌碌的机动船，昼夜不停地鸣叫着气笛从窗外驶过，吵得人无法入睡，便十分自然地想起了："姑苏城外寒山寺，夜半钟声到客船"的诗句。当地人告诉我，客船早已被四通八达的公路取代了。没有了客船，没有了钟声，现代化的优越，现代化的遗憾，该都包含在其中了。

　　"绿蚁新醅酒，红泥小火炉，晚来天欲雪，能饮一杯无"；"今宵酒醒何处，杨柳岸晓风残月"……那些古老的意境已离我们远去，日趋严重的环境污染，正威胁着人类的生存，然而谁又能拉住时代前进的脚步？仅有那保存在"忆"中的思绪，或可提醒我们，却又是真的能提醒我们吗？

1998 年 2 月 4 日《光明日报》

第三辑　旧作重拾

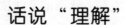

话说"理解"

也许是因为我们把"理解万岁"喊得太多太滥的缘故，"理解"二字反变得不易理解了。这话似乎说得有点儿耸人听闻，其实并不算过分。仔细翻捡一下我们的生活，便不难发现人与人之间的隔阂如此之多，如此之深：同事之间、邻里之间、父子母女之间、婆媳之间、甚至夫妻之间……几乎所有的人都在喊着要多一些理解。

"理解"是什么？姑且不谈，先举个例子：

教师给学生讲一个公式，他在备课时，首先想的是他教授的对象是不懂这个公式的学生，于是他以学生之心揣摩这个公式，设法把它变得通俗易懂，然后传授。讲授之后便问学生："你们懂了吗？"（换言之即为："你们理解了吗？"），学生答："我们懂了"（理解了）。于是教师释然。反之，如果当教师的是站在自己的角度思考问题，则不必费心去思考深入浅出去讲解，"这不是一个很明白的公式？难道你们不懂吗？你们为什么就不懂呢？真是笨！"，学生哗然。

人与人之间的理解，虽与上例不尽相同，然有一点是共通的，那就是：换个角度，替别人想一想。

把"理解"释为：换个角度，替别人想一想，问题似乎简单了。生活本身就是矛盾，矛盾从何而来？多是你想你的，我想我的，你要这样做，我要那样干，于是矛盾产生，到处磕磕磕碰碰，隔阂越来越多，理解越来越少。

要多些理解，就不妨在发言伊始、责骂之前、下结论之先，换个角度去想一想，例如：

见公共汽车售票员态度不好，本欲发火斥责，换个角度想，想她一天8小时在夏热冬冷拥挤噪杂的环境中工作，起五更睡半夜，是何等辛苦！于是释然："你们也不容易呢"。乘客如此，那售票员见人人争先恐后地挤车，宁可拉着车门不让车开走，也非得挤将上去，便烦不胜烦，正待破口大骂，此刻若换角度想："他们为的是上班不迟到，如果迟到会扣掉奖金……"于是平和："大家往里挤一挤，多上几位，都不容易！"……这就是理解。

教师、家长为学生子女早恋怒火冲天，在将要处分痛打之际，换角度想："这是青春期的一种表现，是一种难以避免的生理现象，是成长的过程，我们也有过青春期……"于是改变方式，循循诱导，事半功倍。做子女的，往往以一种逆反心理对抗长辈的管教，轻则不语，重则顶撞出走，若换角度想："他们是为了谁好？我也会有做父母的那一天，我会怎样管教孩子？"于是前嫌尽弃……这就是理解。

如此这般，无须赘言。凡事若都能换角度想，即可化干戈为玉帛。

多为他人着想，就是"理解"的本质。人们常说，自私是人的天性，更有"人不为己，天诛地灭"之说。由此看来，理解简直就成了不可能的事，人人为己，谁还会换角度去为别人着想?! 其实不然。对抱定"人不为己，天诛地灭"的人，本无"理解"可言，他们已不在我们谈话之列。然而，对有点儿"自私"则不同，若能用"理解"的眼光看待自私，也会有点儿积极的意义。因为在为实现自我目标、自我奋斗的同时，他亦在为社会做着贡献，而且他的所为，也离不开群体的合作与帮助。如果每个人能在做"自私行为"的同时，去感受一下群体的关怀与帮助，"自私"便会渐溶于理解的海洋之中，当然若硬要"为己"，也只好由之。

我们不该把"理解"这两个字看得过于高深，或把它放在一个不可诠释的、居高临下的位置上。其实，"理解"就在我们每天琐琐碎碎的日常事物之中，而我们要做的，只是把在人与人接触中的琐事翻过来掉过去想一下就行了。

人生应是给予而不是索取，这是一个很高的思想境界，但这并不妨碍我们试着去做一点点，你给予一点儿，他给予一点儿，人人给一点儿出来，"理解"就会多很多。这就像挤公共汽车，当你挤上去了，别忘了如果再挤进去一步，便又可以多上一个人。事情就是如此简单，"理解"就是这么容易。

"理解"并不难，它就在你我的生活之中。

1995 年《现代交际》第四期

我看"老插文化"

反映"文化大革命"时期上山下乡生活，或以此为背景的文学艺术作品越来越多，以《今夜有暴风雪》为代表的上乘之作亦不在少数。"老插文化"已成气候，自不必细说。近年又出现了与之有关的饮食文化，如"老知青饭馆"、"忆苦思甜饭馆"之类，可见"老插文化"之繁荣。

"上山下乡"是一个时代，我们这代人在那个非常时期的不寻常经历，给我们留下了太多太多一言难尽的感慨与回忆。"再教育"，的确锻炼了体魄，磨练了意志，也学到了许多在都市永远学不到的东西。时间过得太快，往事距我们越来越远，以至当年的苦难在记忆中变得模糊，而原本并不太美好的那一部分，在回忆中也带上了苦涩的甜味。特别是当看到在今天的社会中坚之中，有许多是我们同龄人的时候，便不由产生出一种自豪感，伴之而来的则是怀旧。"老插文化"的产生，与"怀旧"有着不可分的联系。

说到怀旧，便想谈一点"老插文化"的不足。我看过很多有关"老插"的作品，不同人物、不同遭遇，令人心动。但在各种描写之中，我以为还缺了一点，那便是对"知青"因无望无奈而麻木甚至变态的生活和心理的描写过于肤浅。这是当年一个极为普遍存在的现象，不应也无须回避。

当一片荒郊旷野摆在我们面前，当繁重的体力劳动一股脑地压在我们身上时，几乎所有的人都傻了，都哭了，痛哭之后是长久的沉默，随之爆发的是酗酒、打架斗殴、通宵"敲三家"、谈恋爱（回城后就离婚的"爱"）、成家生娃娃……在那里人与人的关系简单到极点，麻木到只要你不侵犯到我的利益，你能随大流，便可相安无事，如若"犯规"，则会引来不快。当年的我就是因为喜欢在哥们儿喝酒、"敲三家"的时候读读书，而招惹了不少麻烦：书常会不翼而飞，或被撕得粉碎。显然我的不合群，令哥们儿大为不满。但这完全不能怪他们。我们那一群十七八岁的男女，谁会，谁又能去想未来？（我也没想）。在对前途完全绝望的时候，他们还能做什么？他们想的、做的完全是正常的。我仅想借此例，阐明我前面的观点，类似的例子还有很多。"无望无奈中的麻木"，在"老插"中是一个普遍存在的现象，而造成这一现象的后果是极其严重的。文学艺术、影视作品中成功的"老插"作为一代人的佼佼者被歌颂描写，无疑是应该的，但他们只是我们中间的一部分——一小部分，更多的呢？被"无望无奈中的麻木"所耽误！该念书时念不成书，该学本事时学不成本事，待拖家带口回城时，已人近中年，却正赶上要文凭、凭本事吃饭的激烈竞争年代，面对残酷现实，只有自叹命运多舛而沉沦。对这一现象，这一批人，我们的"老插文化"该如何表现？偶遇旧时伙伴，言谈之间流露出对我的羡慕，大有悔恨当初没有随我一道读书之意，但悔之晚矣！在现实生活中他们无声无息，但在我们的"老插文化"中，他们却不该沉默。

再说有关"老插"的饮食文化。无疑它的出现仍与"怀旧"有关。然而我相信，许许多多与我有着共同经历的人，绝不会去"怀"那个"旧"。窝窝头贴饼子咸菜疙瘩野菜已吃得太多，早就吃够了，至今见了棒子面儿仍心有余悸。每见锄头镐头扁担筐，就不自主地去摸手上厚厚的老茧。那因疼痛而直不起来的腰，足以让我时时刻刻"忆苦思甜"了。所以我们自然与"老插饮食"无缘。这就好像，只要我一听到"样板戏"，便会想起当年挂在村头的大喇叭，心就不由自主地"咯噔"一下一样。如是说，绝没有指责已经当上老板的"老插"之意，因为我也时常在想，该在当年插队的地方弄个"旅游景点"什么的，然后把现如今的年轻人统统拉去，过上一年半载的"当年岁月"，他们才真是该好好的忆忆苦思思甜了。由此可见，我与"老插老板"有着相同的愿望。但问题是，我们那"忆苦思甜"的善良愿望，能引起那些吃腻了川鲁粤菜、满肚子油水的人们共鸣吗？我们的"小皇帝"、"小皇后"们会对贴饼子窝窝头感兴趣，并从中引起联想吗？如果我们的"老插文化"（包括饮食文化）最终只能成为某些人的"猎奇文化"，咱哥们儿的一番苦心不就都瞎掰了吗？剩下的只有开饭馆的"老插老板"赚钱了。

当然，"老插文化"的存在，至少可以不断地给人们提个醒，提醒人

跟着杂伴儿

们不要忘记过去。而"老插"去当老板赚大钱则更不是坏事。因为我相信，一旦当他们有了钱，定会把钱用在刀刃上——为我们曾有过的苦难，为我们的下一代人，更为了五味俱全的"怀旧"。

1995 年 4 月 12 日《光明日报》

第三辑　旧作重拾

野草·废墟和我们

　　人们对苦难和痛苦的健忘，仿佛更甚于幸福和欢乐，否则我们这一群人，就不可能重聚在乡间那块土地上，因为我们还清楚地记得，当年我们曾用最恶毒的语言咒骂过那块土地，且信誓旦旦，如果有朝一日能离开，一辈子也不再想它，更不要说重归。

　　14年的乡间生活，几乎占去了我们有知人生的四分之一，而25年的分别，把当年一群小伙子大姑娘，推向大家并不愿意承认的"知天命"的年龄。初见，面面相觑，互望着花白了的头发，爬在脸上的皱纹和臃懒的体态，像是陌生人，许久才能叫出对方的名字，于是紧紧拥抱，含着泪水和心酸。若用"昔别君未婚，儿女忽成行"来形容我们分别时间的久远，已不够准确，因为儿女们的儿女都早已成行！

　　结伴去寻我们的知青点，找寻到的只是一片废墟和丛生的野草，无情地展示着岁月的流逝，残酷地打碎了留在我们心中的记忆。难道这就是我们曾经生活过的地方？那震耳欲聋的口号声、那彻夜不眠"敲三家"的叫骂声、那打情骂俏的嬉笑声、那婴儿落地的啼哭声都在哪儿？分明是在这儿！是在这儿吗？

　　叙不完的离别情，忆不尽的当年事，过去的恩恩怨怨、无尽的苦难和对前途的绝望，在言谈中，竟会是那么轻松，以至使我们怀疑我们的记忆是不是出了什么毛病，抑或是患了"早早老年痴呆症"。这感受使我在回家后仍无法平静，一种压抑不住的激动促使我急于要把我的感受讲给人们听，然而笔墨和文字却显得苍白，仿佛非你亲身去经历和体验那样一个全过程，便永远无法得到似的。于是我感到我的激动有些多余，因为我既无法描述，又不愿让后人去走我们所走过的那并不美妙的全过程——更何况他们再不会走进那块土地！

　　孩子们跟随在父母身边迈过野草、跨过废墟，从他们那茫然不知所措的眼神中，我依稀看到了他们对这片土地、这片废墟的感悟，于是我祈盼，祈盼在他们心底能产生一丝与我们相同的感受，祈盼那一丝来自另一个时代的感悟能带给他们对生活更深层的认识，从而珍惜他们所得到的和永远不会得到的一切一切。

野草和废墟顽固地企图抹去我们心底的记忆，残酷地把一段历史变为乌有，根本不顾我们，更不去理会我们是否情愿。然而，野草和废墟并没有错，它印刻着历史前进的足迹和人类文明的发展，它明明白白地宣告一个时代早已结束，新生和成长就在未来。它预示我们的后人要走的是另外一个与我们截然不同的全过程，且当他们到了我们这把年纪时，将不会再见野草和废墟，这不正是我们所希望，并仍在为之奋斗的吗？

于是，那迫切的要把我的感受讲给人们听的愿望消失了；于是，我的激动退潮般地化为平静。窗外热烘烘的太阳铺洒在一片浓绿的树冠上，当然她也同样热烘烘地炙烤着那片野草和废墟，然而那野草和废墟只属于我们，而他们只要有这阳光和浓绿就足够足够了。

……

1996 年 8 月 28 日《光明日报》

第三辑 旧作重拾